劫中得書記

亂世烽煙漫天，所念一紙書頁

鄭振鐸 著

一個痴情的愛書人，懷中能保護的就那麼幾本，更多的，是眼睜睜看著黃白紙頁火化成蝶，在空中祭奠過去，或許一個朝代，也就如此過去。

一場空前的劫難，對國家、社會、愛書之人的無情摧殘，
名家藏書閣不敵戰火，經典古籍在亂世只供取暖……

目錄

劫中得書記

目錄

目錄

目錄

花草粹編 134
三經晉注 135
古文品內外錄 136

劫中得書續記

目錄

目錄

劫中得書記

序

鳳凰從灰燼裡新生
金赤的羽毛更光彩燦爛

——見 The Physiologus，及 Herodotus（ii. 73），Pliny（Nat hist. x. 2）Tacitus（Ann. vi. 28）

余聚書二十餘載，所得近萬種。搜訪所至，近自滬濱，遠逮巴黎、倫敦、愛丁堡。凡一書出，為余所欲得者，苟力所能及，無不竭力以赴之，必得乃已。典衣節食不顧也。故常囊無一文，而積書盈室充棟。每思編目備檢。牽於他故，屢作屢輟。然一書之得，其中甘苦，如魚飲水，冷暖自知。輒識諸書衣，或錄載簿冊，其體例略類黃蕘圃藏書題跋。大抵余之收書，不尚古本、善本，唯以應用與稀見為主。孤罕之本，雖零縑斷簡亦收之。通行刊本，反多不取。於諸藏家不甚經意之劇曲、小說，與夫寶卷、彈詞，則余所得獨多。詩詞、版畫之書，印度、波斯古典文學之譯作，亦多入庋架。自審力薄，未敢旁騖。「一二八」淞滬之役，失書數十箱，皆近人著作。

「八一三」大戰爆發，則儲於東區之書，胥付一炬。所藏去其半。於時，日聽隆隆炮聲，地震山崩，心肺為裂。機槍拍拍，若燃爆竹萬萬串於空甕中，無瞬息停。午夜佇立小庭，輒睹光鞭掠空而過，炸裂聲隨即轟發，震耳為聾。晝時，天空營營若巨蠅者，盤旋頂上，此去彼來。每一彈下擲，窗戶盡簌簌搖撼，移時方已，對語聲為所瘖啞不相聞。東北角終日夜火光熊熊。燼餘焦紙，遍天空飛舞若墨蝶。數十百片隨風墮庭前，拾之，猶微溫，隱隱有字跡。此皆先民之文獻也。余所藏竟亦同此蝶化矣。然處此淒厲之修羅場，直不知人間何世，亦未省何對更將有何變故突生。於所失，殆淡然置之。唯日抱殘餘書，祈其不復更罹劫運耳。收書之興，為之頓減。實亦無心及此也。而諸肆亦皆作結束計，無書應市。通衢之間，殘書布地，不擇價而售。亦有以雙籃盛書，肩挑而趨，沿街叫賣者。間或顧視，輒置之，無得之之意。經眼失收者多矣。書籍存亡，同於雲煙聚散。唯祝其能楚弓楚得耳。戰事西移，日月失光，公私藏本被劫者漸出於市。謝光甫氏搜求最力，所得獨多。余迫處窮鄉，棲身之地，日縮日小；置書之室，由四而三而二；梯旁榻前，皆積書堆。而檢點殘藏，亦有不翼而飛者，竟不知何時失去。然私念大劫之後，文獻凌替，我輩苟不留意訪求，將必有越俎代謀者。史在他邦，文歸海外，奇恥大辱，百世莫滌。因復稍稍過市。果得丁氏所藏

《脈望館鈔校本古今雜劇》六十四冊，歸之國庫。復於來青閣得丁氏手鈔零稿數冊。

友人陳乃乾先生先後持明刊《女範編》、《盛明雜劇》及孫月峰朱訂《西廂記》來。余竭阮囊，僅得《女範編》與《西廂記》。而於《盛明雜劇》雖酷愛之，卻不果留矣。乃乾云：有李開先刊元人雜劇四種，售者索金六百。余力有未逮，竟聽其他售。至今憾惜未已。中國書店收得明刊方冊大字本《西廂記》，附圖絕精，亦歸謝氏。但於戊寅夏秋之交，余實亦得雋品不鮮。萬曆版《藍橋玉杵記》，李玄玉撰《眉山秀》、《清忠譜》，程穆衡《水滸傳注略》，螺冠子《詠物選》，馮夢龍《山歌》，蕭尺木《離騷圖》以及《宣和譜》，《芙蓉影》，《樂府名詞》等，皆小品中之最精者，綜計不下三十種。於奇窮極窘中有此收穫，亦殊自喜。然其間艱苦，絕非紈絝子弟、達官富賈輩，斤斤於全書完闕，及版本整潔與否者，所能夢見。及今追維，如嚼橄欖，猶有餘味。每於靜夜展書快讀，每書幾若皆能自訴其被收得之故事者，蓋足償苦辛有餘焉。今歲合肥李氏書，沈氏粹芬閣書散出。余限於力，僅得《元人詩集》（潘是仁刊本），《古詩類苑》，《經濟類編》，《午夢堂集》，《農政全書》與萬曆版《皇明英烈傳》等二十餘種。初，有明會通館活字本諸臣奏議者，由傳新書店售予平賈，得九百金。而平賈載之北去，得利幾三數倍。以是南來者益眾，日搜括市上。遇好書，必攫以去。諸肆宿藏，為之一空。滬濱好書而有力者，若潘明訓、謝光甫諸氏皆於今歲相繼下世。余好書者也，而無力。有力者皆不知好書。以是精刊善本日以北，輾轉流海外，誠今古圖書一大厄也。每一念及，寸心如焚。禍等秦火，慘過淪散。安得好事且有力者出而挽救劫運於萬一乎？

昔黃黎洲保護藏書於兵火之中，道雖窮而書則富。葉林宗遇亂，藏書盡失。後居虞山，益購書，倍多於前。今時非彼時，而將來建國之業必倍需文獻之供應。故余不自量，遇書必救，大類愚公移山，且將舉鼎絕臏。而夏秋之際，處境日艱。同於屈子孤吟，眾醉獨醒。且類曾參殺人，三人成虎。憂讒畏譏，不可終日。心煩意亂，孤憤莫訴。計唯潔身而退，咬菜根，讀離騷耳。乃發願欲斥售藏書之一部，供薪火之資。而先所質於某氏許之精刊善本百二十餘種，復催贖甚力。計子母須三千餘金。不欲失之，而實一貧如洗。徬徨失措，躊躇無策。秋末，乃以明清刊雜劇傳奇七十種，明人集等十餘種歸之國家，得七千金。曲藏為之半空。書去之日，心意惘惘。大似某氏之別宋板《漢書》，李後主之揮淚對宮娥也。然歸之分藏，相見有日，且均允錄副，是失而未失也。為之稍慰戚戚。立持金取得質書。自晨至午，碌碌不已。然樂之不疲。若睹闊別之契友，秋窗翦燭，語娓娓不休。摩挲數日夜，喜而忘憂。而囊有餘金，結習難忘，復動收書之興。茲所收者乃著眼於民族文獻。有見必收，收得必隨作題記。

至冬初，所得凡八九百種。而余金亦盡。不遑顧及今後之生計何若也。但恨金少，未能盡救諸淪落之圖籍耳。每念此間非藏書福地。故前後所得，皆寄庋某地某君所。隨得隨寄，未知何日再得展讀。因整理諸書題記，彙為數冊，時一省覽，姑慰相思。夫保存國家徵獻，民族文化，其苦辛固未足埒堅陷陣、捨生衛國之男兒，然以余之孤軍與諸賈競，得此千百種書，誠亦艱苦備嘗矣。唯得之維艱，乃好之益切。雖所耗時力，不可以數字計，然實為民族效微勞，則亦無悔！是為序。

離騷圖

蕭雲從繪　十卷三冊　乙酉刊本

余初得羅振常複印陳蕭二家繪《離騷圖》四冊，以未見陳章侯、蕭尺木二氏原刊本為憾。後於中國書店得陳氏繪《九歌圖》初印本，鬚髮細若輕絲，黑如點漆，大勝羅氏所據之本。然於蕭氏書則遍訪未得。武進陶氏模本《離騷圖》出，雖經重繪，甚失原作精神，然明晰卻過於羅氏本。民國十九年冬，余至北平，即歷訪琉璃廠、隆福寺諸肆，蒐購古版畫書，所得甚多，而於蕭氏《離騷圖》則未一遇。後二年，乃終於文祿堂得之。價甚昂，《天問圖》且闕其半，以陶氏本配全。雖於心未愜，而甚自喜。其衣冠履杖，古樸典重，雅有六朝人畫意，若「黃鐘大呂之音」，非近人淺學者所能作也。國軍西撤後，古籍狼藉市上，罕過問者。三五藏書家，亦漸出所蓄。余以友人之介，獲某君所藏《山歌》及《離騷圖》。雖亦在朝不保夕之景況中，竟毅然購之，不稍躊躇。一以敬重某君之節概，一亦以過愛此二書也。此本大勝余在平所得者，極初印，且完整不闕。訪求近十五年始得其全，一書之難得蓋如此；誠非彼有力之徒，得之輕易，而唯資飾架者所能知其甘苦也。尺木為明遺民，故繪〈離騷〉以見志；僅署「甲子」而不書「順治」年號。李楷序云：「尺木窮甚於洛陽、河東，能以歌呼哭啼尚友乎騷人。唯其有之，是以似之。余於此蓋有不忍悉者矣！」清輯《四庫全書》時，為補繪〈九章〉、〈卜居〉諸圖，大非尺木原意，而圖亦庸俗不足觀。陶氏模本首附扉頁，有「書林湯復」語，惜此本無之。

童痴二弄山歌

馮夢龍輯　十卷四冊　明刊本

《童痴二弄山歌》十卷，與《楚辭圖》同時自某君處散出。余先得《離騷圖》，以《山歌》有新印本，姑置之。然實酷愛此書。明代民歌刊本，傳世者絕少，且為馮夢龍所輯，與《掛枝兒》〔童痴一弄〕（？）同為明末民歌集中之最豐富最傑出者，尤不宜失之。因復毅然收入曲藏中。是時，欲得之者不止數人。余幾失，而終得，可謂幸矣！《山歌》初為傳經堂朱瑞軒所購得，影鈔一部，郵致北平顧頡剛先生。友輩傳觀，詫為罕見。因勸其重印行世。頡剛為之句讀，余等均有序。原書則先已歸之某君，不意終為余有，可謂遇合有自矣。唯《童痴一弄》之《掛枝兒》，始終未見全書。余所見不足百首，恐不敵原書四之一。不知何日二書方能合璧也。

古今女範

黃尚文編次　四卷四冊　萬曆壬寅刊本

乃乾得《古今女範》四冊，曾持以示余。圖近二百幅，為程伯陽繪，黃應泰、黃應瑞（伯符）昆仲所刊，線條細若毛髮，柔如絹絲，是徽派版畫書最佳者之一。余渴欲得之，屢以為言，而乃乾不欲見讓。後在北平王孝慈先生處亦見此書一部，印本相同。他處則絕未一見。屢訪各肆，皆無之。十餘年來，未嘗瞬息忘此書也。丁丑冬，國軍西撤，乃乾忽持此書來，欲以易米。余大喜過望，竭力籌款以應之，殆盡半月之糧，然不遑顧也。斗室避難，有此「豪舉」，自詑收書之興竟未稍衰也。數日後，過中國書店，復於亂書堆中得《女範編》殘本三冊。

女範編

劉某增訂本　殘存三卷三冊

此書即黃尚文《古今女範》，殘存三冊，缺第一卷一冊。價奇廉，故復收之。印本較後，程伯陽及黃氏昆仲之署名，皆被挖去，而補入劉金煌、劉玉成、劉振之、劉汝性諸名，蓋劉氏得其板而掩為己有者。末又增入〈劉宜人〉，〈吳氏節〉，〈天佑雙節〉，〈節婦劉氏〉，〈貞烈汪氏〉數則，皆與劉氏有關者。但所增數則之圖，亦典雅精整，足與黃氏媲美。

水滸傳注略

程穆衡撰稿本　王開沃補　二卷四冊

為章回小說作注者，於此書外，未之前聞。程穆衡引書凡數百種：自《史》、《漢》以下至耐得翁《都城紀勝》、吳自牧《夢粱錄》，僻書頗多。《水滸》多口語方言，作者於此亦多詳加注釋，不獨著意於名物史實之訓詁。故此書之於語言文字研究者亦一參考要籍也。穆衡自序云：「乃數百年來，從無識者。即自詡能讀矣，止窺其構思之異敏，用筆之飛幻。若其爐錘古今，徵材浩演，語有成處，字無虛構，余腹笥未可謂儉，然且茫如望洋焉……余為是役，蓋直舉祕書僻事以發厥奧。俾知奧由於傳，斯其為學也大矣。」其用力蓋至勤且深。此原稿本未刊。王氏所補數十則，皆分別黏籤於其上。余於暮春，偶過來青閣，見此書，即敦囑留下。後見者數人，皆欲得之。謝光甫先生亦以為言。壽祺問可見讓否？余執不可，乃終歸於余。彼等皆欣羨不已。余所藏小說注本，未刊者，於《紅樓夢微言》外，僅此書耳。宜亟為刊布，俾不沒作者苦心。作者所據為金聖歎本，似未見明刊諸本，不無遺憾，然於「天下太平四個青字」條下注云：「按《水滸傳》正本不止於此。在梁山泊分金大買市方終耳……乃坊本毅然並此後俱刪去，使全書無尾，真成憾事。」並引《錄鬼簿》所載高文秀、楊顯之、康進之諸《水滸》劇以證「七十卷以後」非「續本」，其識力不可謂不高。

王氏補注中有關於「圖像」一條，云：「今俗本《水滸傳》前有畫像，每頁一人。此崇禎時陳章侯所圖，後人摹之入卷。」余近得雍正刊本《第五才子書》及陳章侯《水滸葉子》，知此語亦確。（補記）

汪氏列女傳

十六卷八冊　萬曆間刊知不足齋初印本

《汪氏列女傳》圖繪筆致同汪廷訥之《人鏡陽秋》。蓋亦萬曆間徽郡人士所輯也。故書中多敘述徽郡節烈婦女，尤以汪姓為多。知不足齋得此書版片，重為印行，而加注「仇十洲繪圖」字樣，其實，圖非十洲筆。余初得知不足齋後印本，圖已模糊。後在中國書店得白綿紙殘本二冊，每則之後，「汪」字皆尚為墨釘，洵是最初印者。又於杭州某肆得竹紙印殘本二冊，亦尚為明代初印本。有汪輝祖藏印。攜以至平。孝慈見之，讚嘆不已，因以貽之。而白綿紙本始終珍祕之。不意人事栗六，竟失所在，遍覓不獲。戰後，樹仁書店以此本求售，價尚廉，且較初印，因復收之。憶竹紙本及白綿紙本，於「烈」部較今本均多出數十則，皆是宋末殉難之婦女。知不足齋本皆去之，殆以違礙故也。惜今不可得而補入矣！余得此書後，不數日，樹仁書店不戒於火，存書盡毀，此書以歸余，倖免於劫。

清平山堂話本二種

嘉靖間洪楩編刊　不分卷一冊

此友人錢先生所貽。余至感其厚惠。所藏明刊小說，以萬曆版為最多，無一嘉隆以前本。得此，足彌斯憾。清平山堂所刊話本，不知種數若干。今所見者，以日本內閣文庫藏之三冊為最多。亡友馬隅卿先生嘗於寧波大酉山房殘書堆中，檢獲清平山堂刊《雨窗集》，《欹枕集》（天一閣舊藏）二冊，詫為奇遇。嘗攜以北上。余輩見之，皆欣羨無已，促其印行。此本存《梅杏爭春》，《翡翠軒》二種，一為話本，其一實為《嬌紅傳》、《剪燈新話》式之傳奇文。然清平山堂所刊，實不皆為話本。若《風月相思》、《藍橋記》、《風月瑞香亭》均傳奇文。即「三言」所選者，亦不全屬話本：如〈張生彩鸞燈傳〉（《古今小說》）即是一例。綜計所見清平山堂刊小說，並此二種凡有二十九種矣。錢先生得此，亦是奇緣。劫前，中國書店收得某書，錢先生見其每冊封底頁均有字跡，遂逐頁揭下，合之乃成此本。初不知為何書，僅知其是明刊小說耳。持以示余。余曰：此清平山堂話本之二種也。取《雨窗》，《欹枕》諸印本對之，果不誤。皆大喜！錢先生曾為文記之。一年後，值大劫，此書幸無恙。終以余酷愛之，遂舉以相贈。實余藏小說書中之一祕笈也。此書三山藏於日本內閣文庫；《雨窗欹枕集》則並馬隅卿先生他書皆與北平同其淪落。僅此零星斷簡尚在我輩手中耳。

朱訂西廂記

孫礦評點　二卷四冊　明末諸臣刊本

此朱墨本《西廂記》，題孫月峰評點。余得明刊本《北西廂記》十餘種，所見亦多，卻絕不知有此本。乃乾以此書及《盛明雜劇》見示。余時正在奇窘中，竭阮囊得此書。以《盛明雜劇》余已藏有殘本，且尚有復刻本，不如此書之罕見也。首附圖二十頁，凡四十幅，殆集明代《西廂》圖之大成。其中有從王伯良校注本摹繪者，但多半未之前見。刻工為劉素明，即刻陳眉公評釋諸傳奇者。繪圖當亦出其手。素明每嘗署名於圖曰：「素明作」。明代刻圖者多兼能繪事。蓋已合繪、刻為一事矣。已與近代木版畫作者相類，不僅是「匠」，蓋能自運丘壑，匪徒摹刻已也。

宣和譜

介石逸叟撰　二卷二冊　康熙間刊本

以《水滸傳》為題材之雜劇，元明二代最多。高文秀至有黑旋風專家之稱。明傳奇則有沈璟《義俠記》，許自昌《水滸記》，沈自晉《翠屏山》等，至今傳唱不衰。但諸作皆同情於《水滸》英雄，唯《宣和譜》作翻案筆墨（又名《翻水滸》），以王進、欒廷玉、扈成等剿平水滸諸寇為結束。殆受金聖歎腰斬《水滸傳》之影響，並又為俞仲華《蕩寇志》作前驅。余得之來青閣，甚得意。春夏間，來青閣收得明刊戲曲不少，皆歸余，殊感之。

新鐫彙選辨真崑山點板樂府名詞

鮑啟心校　二卷二冊　萬曆間岩鎮周氏刊本

此書余得於來青閣。從此明刊樂府集又多一種矣。凡選傳奇〈琵琶記〉以下三十四種，散曲〈步步嬌〉「閨怨」（萬里關山）以下二十一套。不知何以於散曲後，更雜入〈金貂記〉傳奇一種。所選傳奇，中有〈四節記〉、〈減灶記〉、〈合璧記〉較罕見。然如〈京兆記〉，則巧立名目，故為眩人，實即汪道昆四劇中之〈京兆眉〉耳。明人故多此惡習，而於俗本、坊本尤甚。

古今奏雅

無撰人姓名　存卷六一冊　明末刊本

此書余亦於來青閣得之。寫刻至精，首附圖八幅亦小巧玲瓏，雖尺幅而有尋丈之勢。惜僅殘存一卷。不知原書究有若干卷。馬隅卿先生亦曾藏有殘本一冊。惜未記為第幾卷。所選皆散曲。此第六卷，為「黃鐘調」、「越調」、「雙調」三種，近九十頁。頗疑此書與《恰春錦》等為同類，半選劇曲，半選清曲也。至多八卷而止，似不當更超此數。若全選清曲而有八卷之多，則誠足為南曲選中之一巨帙矣。

眉山秀

李玉撰　二卷四冊　順治甲午刊本

李玄玉所著傳奇至多，今傳世者僅「一人永占」四種耳。此本題「一笠庵新編第七種傳奇」，惜其他各種，未能一一發見也。書凡二卷，二十八齣，述蘇氏父子兄妹事。以《今古奇觀》之〈蘇小妹三難新郎〉一話本為依據。明清之際，傳奇作家每喜取材於「話本」，此亦其一種。唯所述情節較複雜，範圍亦較廣耳。首有順治甲午某氏序，序末署名已被剷去，但有「題於拂水山房」語，當即錢謙益。此書，余得之來青閣。中華書局曾有複印本，易名《女才子》。以其少見，復收之。玄玉傳奇，余更有《千鍾祿》，《太平錢》二種，皆傳鈔本。原刻本殆極少見。得此，甚自喜也。

韓晉公芙蓉影傳奇

西冷長撰　二卷二冊　明末刊本

此是明末《四夢》盛行時代，佳人才子傳奇之一。述韓樵（晉公），與謝鶡娘相遇於道院芙蓉下，締訂姻緣，中經離散，終賴林太傅、盧侍御之維持，韓生得中狀元，與鶡娘團圓終老事。全書二卷，三十二齣，首附圖十二幅，作圓形，與一笠庵原刻本「一人永占」之圖相同，皆明末清初流行之板式也。書殊罕見。余得之來青閣。

吳門忠孝傳清忠譜

李玉撰　二卷二冊　順治間刊本

偶過中國書店，唐某持《清忠譜》二冊售余，余不論價，立攜之歸。曲藏中又多一種罕本矣。書為李玄玉作，敘述周順昌事，而以顏佩韋等五人仗義就戮為關節。今所演《五人義》即其事。首有吳偉業序。蓋作於清初者。明代閹寺流毒最久，而以魏閹之禍為尤酷且烈。東林諸賢，遭難之慘，過於漢之黨錮。士人無不切齒。崇禎初，客魏失敗，立有演其事為傳奇小說者，如《喜逢春》等，均傳於世。玄玉此作非創筆。題曰：「吳門嘯侶李玉元玉甫著，同裡葉時章雉斐、畢魏萬後、朱暭素臣同編。」以其皆為吳人，故獨以吳事為題材。詞氣激昂，筆鋒如鐵，誠有以律呂作鋤奸之概，讀之，不禁唾壺敲缺。畢魏，向作畢萬侯，今乃知其名魏，字萬後，非萬侯，此亦重要之發現也。

藍橋玉杵記

雲水道人撰　二卷四冊　萬曆丙午浣月軒刊本
末附：《蓬瀛真境》、《天臺奇遇》二劇

余於來青閣收得明刊戲曲最多；戰後半載間，壽祺凡有所得必歸之余。戊寅秋日，壽祺電告余，收得明刊白綿紙本《藍橋玉杵記》，末並附雜劇二種。余立即驅車至來青閣，細閱一過，愛不忍釋。此書為楊之炯作，《曲品》列之下中品。題材為習見之裴航遇仙事。曲白均庸腐。然諸家目錄，均未見有此書。蓋佚已四百年。一旦獲睹原刊本，誠堪自喜，何忍更剔瑕疵。所附插圖，豪放而不粗率，猶有明初作風，不同於徽派諸名家所刊者。時正奇窘，然終以半月糧購得之。亟付裝潢，面目煥然若新刊。誠是明刻傳奇中之白眉，亦余曲藏中最可珍祕之一種矣。書刊於萬曆丙午（三十四年），首有〈裴仙郎全傳〉、〈劉仙君傳〉（樊夫人附）、〈裴真妃傳〉、〈鐵拐先生傳〉、〈西王母傳〉，並有凡例。共二卷，三十七齣。凡例云：「本傳原屬霞侶祕授，撰自雲水高師。首重風化，兼寓玄銓。閱者齋心靜思，方得其旨。」又云：「本傳中多聖真登場。

演者須盛服端容，毋致輕褻。」明代士大夫曾有一時盛信仙道，以幻為真，屠隆、周履靖輩皆墮此障，莫能自拔，楊之炯蓋亦其中之一人。虎耘山人序云：「至若出入玄谷，吐咳丹朱，則煙霞之味，又在撫無弦者賞之。彼煙火塵襟，欲深天淺者，寧能作自觀耶？」蓋彼師徒輩入魔深矣！末附《蓬瀛真境》一套，有曲無白，無排場，疑為清曲。又附《天臺奇遇》則為述劉阮事之雜劇也；諸曲目皆未著錄。

文通

明朱荃宰撰　三十一卷八冊
天啟丙寅泙漫堂刊本

此書得於來青閣。以其無甚獨見，初不欲收。後念明人詩文評傳世者不多，姑留之。然欲攘之去者竟不止數人，可見此書之罕見。紹虞聞余得此書，亦自平馳函索讀。「是編考證經史子集制義兩藏文章源流體格。」體例略類《史通》。而多引明人語，偶有己見，亦殊凡庸，固不足以與語「著作」，更不足與《文心雕龍》、《史通》比肩也。荃宰別有《詩通》、《樂通》、《詞通》、《曲通》，「嗣刻」公世。然諸家書目皆未載，當均未成書。荃宰字咸一，黃岡人。此書則刻於南京。末卷為〈詮夢〉，亦摹擬劉勰《文心雕龍》之〈自序〉。

自序（節錄）

爰考諸書之書，彙成文、詩、樂、曲、詞五編，皆以通名之。求以自通其不通也，匪敢通於人也。彙而言之：陳思品第，止及建安；士衡九變，通而無貶。吁嗟彥升，不成權輿。《雕龍》來疥駝之譏，《流別》竭捃摭之力。伯魯廣文恪之書，號稱〈明辨〉，自述而皆不本之經史。吳詳於文而略於詩，徐又遺曲。或飲水而忘其源，或拱木而棄其韡。世無經學，故無文學。未有通於經而塞於文者也。今不揣固陋，會通古今談經、訂史、說詩、言樂、審音之書，弁短取長，明法究變，尊是黜非。每編彙為一通，每體彙為一篇。文則經史子集，篇章句字，假取援喻，條晰縷分，而殿以統說。詩自三百，樂府古近，題例豔趨，厘音叫響，而弁以總論。樂左書右圖，詩曲右調左贊；經義憲章祖訓，起弊維新。

螺冠子詠物詩

周履靖著　二十八卷十二冊
萬曆乙巳金陵書林葉如春刊本

螺冠子作《錦籤記》，最著於世。王國維《曲錄》初未知螺冠子何名。余得明刊本《錦籤記》，乃知其為周履靖之別署。履靖曾刻《夷門廣牘》，甚不易得。其中圖譜數種，刊印尤精。余在北平曾見殘本數十冊，因循失收，甚憾惜！又得其所刻巾箱本《十六名姬詩》，珍為祕笈，不輕示人。茲復獲其《詠物詩》。版式同《夷門廣牘》，乃未收入《廣牘》中。古人無專以「詠物詩」成專集者。履靖此書所詠自天文至花卉雜物，無所不包，近二千首，可謂洋洋大觀。末附「詩餘」、「詞餘」及酒歌、酒詠。詩詞皆不俗。清人輯「詠物詩選」，未錄履靖作隻字，殆未見此書也。

唐宋諸賢絕妙詞選

黃玉林輯　十卷二冊　萬曆甲寅秦堣刊本

黃玉林《絕妙詞選》原分「唐宋諸賢」與「中興以來諸賢」二集。今所見於毛晉刊《詞苑英華》本外，罕睹他本。《四部叢刊》所影印者為《英華》外之別一明刊本，所謂明翻宋本者是也，未知為何人何時所刻。余見萬曆甲寅秦堣刊本於朱瑞軒許，即《叢刊》所據之祖本也，以其價昂，未收。不數日，乃於來青閣得之，價已大削。雖僅為「唐宋諸賢」一集，未獲全璧，亦自得意。首有茹天成一序，《四部叢刊》本已奪去。殆坊賈有意取下，以欺藏家，冒為明初本者。茲錄茹序於下，以證刊刻源流。

重刻絕妙詞選引

自漢武立樂府官採詩，以四方之聲，合八音之調，而樂府之名所由始。歷世以來，作者不乏。上追三代，下逮六朝，凡歌詞可以被之管弦者，通謂之樂府。至唐人作長短詞，乃古樂府之濫觴也。太白倡之，仲初、樂天繼之。及宋之名流，益以詞為尚。如東坡、少游輩，才情俊逸，籍籍人口，往往象題措語，不失樂府之遺意。然多散在各家之集。求其彙而傳之者，唯玉林黃叔暘所選為備。自盛唐迄宋宣和間為十卷，自宋中興以後，又為十卷。凡七百餘年，得人二百三十，詞千三百五十。詞家之精英，可謂盡富盡美矣。蓋玉林乃泉石清士，尤長於詞，為當時名家所賞。觀其附錄三十八篇，雋語秀髮，風流蘊藉，則其選可知矣。余友本嬰秦太學堣，夙好古雅，每見其鼻祖少游詞章，輒諷玩不休。今得是編，頗愜其嚮往之初心。既樂多詞之妙麗，又慨舊刻之舛訛，遂詳校而重梓之。余重玉林之詞，嘉本嬰之志，因綴數語，以引其端。萬曆歲在閼逢攝提格（甲寅）仲春上浣之吉，河內茹天成懋集甫書。

詩經類考

明沈萬鈳輯　三十卷十二冊（存十一冊）　萬曆己酉刊本

此殘本《詩經類考》，得於中國書店，闕第二十七及第二十八兩卷。石麒以其殘也，未加重視。余嘗蒐集宋元以來說《詩》之書近三百種，「八一三」之變，大都蕩為寒煙。本無意於復收此書。以其廉，且明人說《詩》之作本不多，故遂收得之。在明人著述中，此書編例，實甚謹嚴。蓋《詩》考之長篇也。凡例云：「是編只屬叢記。蘄無漏，未蘄訂定。故自經傳子史，以至稗編瑣錄，靡不該收。蓋宇宙間事未可執一。將以資詳說，反之約也。」第一卷為《古今論詩考》，第二卷為《逸詩考》；第三卷以下為音韻，天文，時令，地理，列國，人物，宗族，官制，飲食，服飾，宮室，器具，珍寶，禮樂，井田，封建，賦役，刑獄，兵制，四夷，禽蟲，草木諸考；第二十六卷以下則為國風，大小雅及三頌異同考；第三十卷為《群書字異考》。所錄甚富；凡萬曆以上之著述，殆無不兼收並蓄之。《逸詩考》一卷，搜採亦甚備；且亦擇取甚慎，不似他明人之隨意選載「白帝子」等之偽詩人書也。

唐堂樂府

清黃兆森著　不分卷二冊　康熙丙申刊本

余十餘年前獲得石牧《忠孝福》傳奇，未加重視。唯盼能得其所著《四才子》。然終不可得。真州吳氏藏書散出，為王富晉所購，待時索價，價奇昂。中有《四才子》之二（《鬱輪袍》、《夢揚州》），裝一函。余狂喜，不惜重值購之。後至蘇州訪吳瞿安先生，欲借其藏本，鈔補《飲中仙》及《藍橋驛》二種。但吳先生殊珍惜此書，頗有吝色。遂不再談及鈔補事。七年前在北平，坊賈以《忠孝福》及《四才子》半部求售。仍只有《鬱輪袍》等二種。遂退還之。前日偶至來青閣閒坐，壽祺告余，新收得《唐堂樂府》一部。亟取閱之，即石牧所著《忠孝福》及《四才子》之全部也。久求不獲者，乃忽於無意中獲之。一書之得，誠非易也！首並有序，知刻於康熙丙申（五十五年，一七一六年）。石牧生平，藉此以知之者不少。而《唐堂樂府》之名至此始發現。可見「研究」較專門之學問，板本之考究，仍不能忽視。彼輕視「板本」者，其失蓋與專事「板本」者同。總之，博聞多見，乃為學者必不可忽者也。

元名家詩集

明潘是仁編　存二十八家一百十七卷十六冊

萬曆四十三年刊本

一、元遺山詩集十卷（好問）

二、劉靜修詩集三卷（因）

三、陳笏齋詩集六卷（孚）

四、貫酸齋詩集二卷（雲石）

五、困學齋詩集二卷（鮮于樞）

六、松雪齋詩集七卷（趙孟頫）

七、吳草廬詩集六卷（澄）

八、盧含雪詩集三卷（亙）

九、馬西如詩集三卷（祖常）

一〇、范錦江詩集五卷（梈）
一一、楊浦城詩集四卷（載）
一二、虞邵庵詩集七卷（集）
一三、揭秋宜詩集五卷（傒斯）
一四、王柏庵詩集二卷（士熙）
一五、薛象峰詩集二卷（漢）
以上元初
（元末諸名公姓氏爵里）
一六、薩天錫詩集八卷（都剌）
一七、張外史詩集六卷（雨）
一八、陳荔溪詩集三卷（旅）
一九、貢南湖詩集七卷（性之）
二〇、楊鐵崖古樂府三卷（維楨）

二一、傅玉樓詩集四卷（若金）
二二、柳初陽詩集三卷（貫）
二三、張蛻庵詩集四卷（翥）
二四、泰顧北詩集一卷（不花）
二五、李五峰詩集二卷（孝先）
二六、余竹窗詩集二卷（闕）
二七、貢玩齋詩集三卷（師泰）
二八、成柳莊詩集四卷（廷珪）
（下闕六家）

此書余得之來青閣，由合肥李氏散出。余所得李氏書，以此種為最罕見。余究心元劇，因傍搜及於元人著述；惜限於力，所得不多。故得此書，殊感喜慰。此書本名《宋元名家詩集》，凡錄北宋十七家（內五家未刻），南宋二十家（內六家未刻），元初二十一家（內五家未刻），元末十九家。今此本於南北宋諸家全闕，於元初諸家中，僅闕釋清琪《溫石屋集》一家;於元末諸家中則闕倪瓚、陸景龍、迺賢、丁鶴年、龍從雲、鄭允端六家。以其罕見,雖為殘本,亦亟收之。宋人集合刊者至多,自陳思、陳起而下,無慮七八家,而合刊元人集者,則於汲古閣《元十家集》,《元四家集》外,他無聞焉。《元詩選》所據諸集,今不知能有十之七八存世否?故此雖僅寥寥二十八家,而余亦甚珍視之。唯潘氏究未脫明人習氣,未言各家集所據之本,且每與原集相出入;若《陳旅集》,此本僅有詩三十七首,實則《四庫》著錄之《安雅堂集》,詩凡三百二十八首,此僅十之一耳。疑罕見諸家,仍是從諸選本彙輯錄入。潘氏實未睹原本也。

午夢堂集

葉紹袁輯　崇禎丙子刊本

一一、泰齋怨（葉紹袁撰）

一二、彤奩續些二卷（沈紉蘭等撰）

此書近人葉德輝有翻刻本；唯印本至劣，大失原刻精神。余十五年前曾見原本一部，刊印極精。惜當時失收，至今耿耿！頃以低值獲此，足慰夙願。葉刻本凡十四種，尚有《靈萱》及《瓊花鏡》二種，為此刻所無。羅氏《續彙刻書目》所收，則僅八種。疑當時所刻，原無定本，隨刻隨增，故種數多寡，每本不同，非不全也。頃見日本某家書目，載此書細目，亦僅有十二種也。

佛祖統紀

宋志磐撰　五十四卷十冊
萬曆甲寅刊本

宋明單刊佛經，不多見。余前在北平，得宋至明初有圖單刊本經近五百本，最為巨觀。然以民間流行之《心經》、《陀羅尼經》、《觀音經普門品》及《金剛經》為最多。無關「佛學」，更少禪宗之著作。合肥李氏書於夏間散出，悉為漢文淵所得，余初不知。偶於一夕，過來青閣，遇姚石子先生。且談且翻閱案上新收書。中有明刊《午夢堂集》、《古逸民史》，潘是仁刊《元人詩集》等，余皆欲得之。復有佛書一堆，皆明刊禪學著作，余初不加注意。偶一翻檢，覺刻本甚精，便囑壽祺留下。議價妥後，抱書而回。《禪宗正脈》、《禪林僧寶傳》，皆為寫刻本，《吳郡法乘》則為舊鈔本。明日，過漢文淵，所得書已售去過半。但余仍得《佛祖統紀》及《閱藏知津》等。《閱藏知津》雖闕末冊，而每冊皆有助刊人姓名，洵是原刊本。余甚珍之。《佛祖統紀》破蛀不堪，但實為諸書中之白眉。壽祺云：此批書中，「小部頭」最精者皆已為余得。他若明刊《資治通鑑》、《文選》等巨帙，則餘力不能收，即收得亦無餘地可藏也。高麗舊鈔本《東國文獻備考》一百冊，則為葉揆初先生所得。

經濟類編

明馮琦編　一百卷一百冊

萬曆三十二年刊本

《經濟類編》仿《藝文類聚》等書例，分總類二十（自帝王類至雜言類），細目三百餘，約三百萬言，自諸子百家以下，幾無書不採，而尤著意於經濟之言，故錄載奏疏特多，實為後來諸「經世文編」之祖。體例集若「類書」，而實非「類書」；蓋每錄全文，不若諸類書之條文瑣碎也。陳元愫於萬曆時，輯《經濟文輯》，陳子龍於明末輯《皇明經世文編》，即仿其意。而子龍之書尤難得。

古詩類苑

明張子象編　一百三十卷五十八冊
萬曆間刊本

「是編首自上古，下迄陳隋，一枝片玉，搜括無遺」（凡例），實全上古漢魏六朝詩之一總集也。而以類為主，不以時世為次。蓋變馮氏《詩紀》之例者。其與《詩紀》不同者，唯兼收兩京以後箴銘頌讚，於漢晉六朝之「樂府」，則「依郭茂倩舊次，彙為一部」，不復分類。其分類之部門，略依《藝文類聚》、《初學記》各類書，而微加詳悉。於各類書、小說、《列仙傳》、《真誥》所載之詩，亦均錄入。既有《詩紀》，此等書似可不備。但當時編輯之意，當是便於士子涉獵之用。余以其罕見且廉，故收之。

古逸民史

明陳繼儒輯　吳懷謙校　二十二卷六冊一函
萬曆戊戌刊本

眉公著述，余所得頗多；見者亦不少。唯大抵皆明季坊賈妄冒其名，或挖去作者姓氏，補印眉公名里，以資速售耳。《古逸民史》確為眉公所著之一。《寶顏堂祕笈》未收，傳本甚罕見。眉公著此書，實有所感。彼蓋自託於「逸民」之列，正是做「山人」之張本也。所謂「逸民」，類多有託而逃。其末數卷所錄諸宋末「逸民」，皆義人志士也。眉公果何所託而「逃」乎？明人曾有嘲「山人」詩、曲，蓋正指眉公輩而言。唯眉公雖優遊林下，享名甚盛，卻非專事「飛來飛去宰相衙」者流。其殫心撰述，主持風雅，亦未可加以蔑視也。

東谷遺稿

湯胤勣撰　十三卷二冊
成化十四年刊本

余既得李氏書若干種於來青閣，復數過漢文淵，得《經濟類編》等書。偶見案上有《東谷遺稿》，為成化黑口本，價至廉，卻無人顧問。余以其附「詞」，且平易淺近類口語，甚喜之，即攜之歸。作者為湯胤勣，明初功臣湯和裔，死於王事，蓋武臣而能文事者。詩不甚佳，詞具別緻。余正輯明人詞，故亟收得之。

農政全書

余前在北平，渴欲獲得徐光啟原刊本《農政全書》。數與書賈輩言之，均未有此書。後見邃雅齋架上有之，詢價，乃奇昂。以絀於資，未及購。轉瞬間，書已他售，為之懊喪者久之。由平至滬，仍以此書訪詢各肆，或言前曾售過，今未見。或以清代翻版者見示。前數月合肥李氏書散出，余見其目，有此書。詢之林子厚，知為原版，但已售之富晉書社。立追蹤至富晉處，卒獲得之。十年求之不遇，而遇之一旦，殊自喜。書紙蛀甚，然尚可讀。明末初得泰西機械法，介紹甚力，余既獲王徵《奇器圖說》等數種，故於此書尤著意訪求。不僅有關西學東漸之文獻，且於版畫研究上亦一要籍也。

鳴沙石室祕錄

羅振玉編　不分卷一冊

清末國粹學報社鉛印本

此是最早之敦煌文書目錄。惜所據僅為伯希和所見所知之若干種耳。

敦煌石室真跡錄

王仁俊編　五卷三冊　宣統元年石印本

此書亦為敦煌書目，所據亦為伯希和所攜來及所憶及者。甲卷上載石刻拓本三種。以後各卷亦多錄原文。唯王序未及羅振玉，羅氏諸書亦未一及王氏，不知何故。當敦煌石室發現消息由伯希和傳出時，仁俊正任學部編譯圖書局副局長。傳錄敦煌寫本，當以王氏為最早。而其名為羅氏所掩，今知之者罕矣。而此書亦不甚易得。誠有幸有不幸也！

✦ 文始真經（關尹子）

宋抱一子陳顯微注　三卷一冊　萬曆二十一年刊本

連日細雨綿綿，大有春意。頗思閱肆，因而阻興。下午四時，借校中汽車，至開明書店一行，隨轉赴中國書店，遇楊壽祺及平賈數人在彼閒談。得唐賡虞死耗，為之愕然！唐為經手買得半部清常道人校本雜劇者。幾成交而為孫某所得。因此一轉手，遂多費不少交涉與金錢。唐在滬設聽濤山房，頗可交。不意其竟死於蘇州。壽祺談購李氏書事頗久。此次轉售諸籍頗得利。並知有《石倉明詩選》四集為平賈所得，殊可惜！桌上有《文始真經》一冊，因其為明代單刊本，購之。《關尹子》初僅《道藏》有之，後收入湖北崇文書局《百子全書》中。此為抱一子注本，頗罕見。

麗則遺音

元楊維楨撰　六冊　明汲古閣刊本

此為鐵崖賦集；汲古閣附刊於《鐵崖古樂府》後。前數日下午，於中國書店遇姚石子先生，同檢堆於桌上亂書。較可注意者，有《鐵崖樂府》、《復古詩集》及此書，並為汲古閣刊本。且均初印者。余思得之而未言。唯囑其留下《麗則遺音》。石子當時亦言欲得之。明日再過，則肆中人言，《古樂府》及《復古詩集》已為石子購去。惜此《麗則遺音》因余一言，未能「璧合」。他日或當移贈石子，以成「完」書也。

輟耕錄

元陶宗儀撰　三十卷四冊
明玉蘭草堂刊本

《輟耕錄》為余常引用之書，然初收者卻為鉛印本及汲古閣刊本。後復得玉蘭草堂初印本殘帙二冊。迨《四部叢刊》影元本出，諸本似皆可廢。武進陶氏之影元刊本，亦已不足重視。今春過中國書店，睹一玉蘭草堂刊本全帙，首附〈秋江送別圖〉，為堵文明所繪，並有貝瓊、趙俶、錢宰、牛諒、詹同、周子諒、張孟兼、王澤、富禮及宋濂諸人〈送陶九成東歸詩〉，貝瓊並有序。蓋宗儀於洪武六年被薦至南京，以疾辭歸。諸人喜其歸而惜其別，乃追祖於龍江之上。「而文明工繪事，因寫而為圖。視其艤舟於岸者，行人欲發而未發也。引騎或前或卻者，賓客之咸集也。波濤洶湧，雲山慘淡。相與置酒勞勞亭上，俯仰金陵之景無窮，而古今之離思亦無窮也。」諸詩及圖為各本所無。我所見玉蘭草堂本無慮五六部，亦均無之。余正蒐集版面，觀其圖窈遠有深趣，因亟收得之。某君意亦甚欲，但卒為余先得矣。此本別有萬曆甲辰王圻重修序。然此圖卻非圻所增入。蓋〈東歸詩〉頁下仍均有「玉蘭草堂」四字。同時並於文匯得萬曆戊寅徐球刊本，亦精。

盂蘭夢

清嚴保庸撰　不分卷一冊　道光間刊本

余集清劇，編為《清人雜劇》初二集行世。「三集」因故迄未續印。《盂蘭夢》亦為三四集中擬收之劇。柳翼謀先生曾以國學圖書館所藏傳鈔本影印。其實此劇本有嚴氏原刊本。余得此原刊於中國書店，末並附曲譜。殊得意。唯因末闕數頁，擬借程守中先生藏本抄補，故至今尚未裝潢成冊。

宋元名人詞十六家

舊鈔本　四冊

宋元人詞自《郎村叢書》出，罕傳之作已少。友人趙萬里先生及周泳先君並有補輯。大凡傳世之詞集，幾無不被收入此三書中。然舊本亦自可貴。十年前，繆筱珊鈔本《典雅詞》散出，價甚廉。余思得之，而未果。後歸北平圖書館。頃於昕濤山房得舊鈔本《宋元名人詞》十六家。（張綱《華陽詞》，高登《東溪詞》，朱雍《梅詞》，朱熹《晦庵詞》，吳儆《竹洲詞》，許棐《梅屋詩餘》，歐良《撫掌詞》，文天祥《文山樂府》，趙聞禮《釣月詞》，朱淑真《斷腸詞》，歐陽澈《飄然詞》，趙孟頫《松雪齋詞》，劉因《樵庵詞》，薩都剌《雁門詞》，倪瓚《雲林詞》，陶宗儀《南村詞》。）十年前，此十餘家皆祕笈也，足補毛氏《六十一家詞》。今則皆行世矣。此書每冊皆有陳仲魚印，為坊賈偽託，然鈔本甚舊，至晚亦在道、咸中。惜未知校輯者何人耳。

思玄集

明桑悅撰　十六卷八冊　萬曆間刊本

桑悅為明中葉一奇人。詩詞作風均大膽，辟李贄，徐渭一途風氣。集甚罕見。此本余得之來青閣，為萬曆徐威所注。然其注不詳。於「詞」則不加隻字注釋。每卷下，又題：「後學翁憲祥選」，疑非全本。恨未得原刊本一校之。

新刻魏仲雪先生評點琵琶記

上虞魏浣初批評　李裔蕃注釋

二卷一冊　明末刊本

此為明清之間寫刊本；魏仲雪當亦為其時人。北平圖書館藏有一本，余嘗從之借印數圖。此本正文不闕，圖則奪去。某賈從杭州回，因某先生之介，以此書歸余。末有萬里題云：「民國元年六月十八號，同樂之、中甫遊永定門。途經琉璃廠，於舊書攤上，以銅元八枚易之。」蓋陳萬里先生手筆也。萬里寓杭，其藏書當盡罹於劫。余於此書外，並得其所藏內府鈔本曲數種。

謝禹銘五刻

明謝鏞輯　存二種一冊　天啟乙亥刊本

謝氏輯陰符、鬼谷、黃石、武侯、青田五家書刻之，故名「五刻」。皆兵家言也。「天時地利，將將將兵，大略具諸書中。」謝氏蓋有志於「請纓」者。此書僅存二種，《黃帝玉訣陰符經》及《鬼谷子》；余得於中國書店。明刻本諸子，甚可矜貴，余銳意欲多收之。於劫中見者多，失收亦多。及今挽救，已似亡羊補牢矣。

新刻皇明開運輯略武功名臣英烈傳

明　未知撰者　六卷十二冊　萬曆間刊本

《皇明英烈傳》刻本甚多。余有萬曆刊徐渭重訂本，有通行本；內容均互異。今得此書，則又多一種矣。沈氏萃芬閣書散出。為余所最欲得者為萬曆版《異夢記》及此書。《異夢記》議價未妥，已為平賈所得。此書則終歸余有。明刊傳奇尚時時可見，唯小說則絕少。故亟收之。《萃芬閣書目》列此書於「史」部，且注為嘉靖刊本，實則為萬曆間所刻。其插圖形式，大類羅懋登《三寶太監下西洋記》及周日校本《三國志演義》，自是同時代之產物也。《英烈傳》在清代為一禁書，不知所禁者為何本。此書遇廟諱皆抬頭，述元人處則皆曰「胡」或「虜」。所禁或即此本也。作者未知何人。但可信為一最早之祖本。相傳武定侯郭勛作此傳以彰其先世郭英之功績。有人更作《真英烈傳》以糾之。《真英烈傳》今不傳。今所傳諸《英烈傳》，文字雖不同，而事跡則大致相類。此亦可證其為同出一源。

啟雋類函

明俞安期纂　一百卷三十二冊　萬曆間刊本

俞安期纂輯三《類函》.;余先得《詩雋類函》及《唐類函》。《唐類函》庋於東區，燼於此劫，復於劫中得一部。獨闕《啟雋類函》。《詩雋類函》及《唐類函》皆不足重視，唯《啟雋類函》則蒐集啟札甚富，頗有資料。余求之十餘年未得。頃過中國書店，見案下有亂書一堆，為朱惠泉物，中有此書。蓋某書賈曾購之，以其闕佚不全，復退回者。余乃收得之。所闕僅末數卷。明人啟札集至多.;以升庵、禹金二書為最流行。唯究以此書收明人作最多。(禹金所收均古作。)

西學凡

明艾儒略答述　不分卷一冊　天啟癸亥刊本

此書題西海耶穌會士艾儒略答述；與《三山論學紀》合訂為一冊，版式亦同。蓋天啟時杭州單刊本，非《天學初函》之零種也。《西學凡》敘述十七世紀時歐洲學術之大凡；《三山論學紀》則記艾儒略與葉向高問答語，宣傳耶教之作也。《論學紀》首有扉頁，題「武林天主堂重梓」，「同會陽瑪諾、費奇規、費樂德訂，值會陽瑪諾準，杭州范中，錢塘舒芳懋校」，皆西學西教東漸之重要文獻也。

程氏墨苑

明程大約撰　六卷十二冊
萬曆間彩印本

此「國寶」也！人間恐無第二本。余慕之十餘年，未敢作購藏想。不意於劫中竟歸余有，誠奇緣也！初，徐森玉先生告余，陶蘭泉先生處，有彩色印《程氏墨苑》。余將信將疑。於孝慈處，曾睹《墨苑》二十八宿圖，符篆皆為朱色，意此即為彩印本。時正從事版畫史，欲一決此疑。乃以森玉之介，訪蘭泉先生於天津。細閱此書竟日，錄目而歸。曾語蘭泉先生：他書皆可售，此書於版刻史上、美術史上大有關係，不宜售。後蘭泉遷居滬上，藏書幾盡散出。余意此書亦必他售矣。秋間，至友某君來滬，遇蘭泉，余慫其詢及此書。竟尚在。時余方歸「曲」於國庫，囊有餘金，乃以某君之介，收得此書。書至之日，燦燦有光，矜貴之極。曾集同好數人展玩至夕。復細細與他本《墨苑》相校，其中異同處甚多。施彩色者近五十幅。多半為四色、五色印者。今所知之彩色木版畫，當以此書為嚆矢。元明之交，我國受歐洲中世紀手鈔本的影響，一時盛行金碧鈔本。今存者尚多。嘉靖間，宮妃布施經藏，亦每施以彩繪。唯皆於版畫上手繪金彩。無以彩色施之版上者。此書各彩圖，皆以顏色塗漬於刻版上，然後印出；雖一版而具數色。後來諸彩色套印本，蓋即從此變化而出。《墨苑》後印諸本則皆漬墨，不復能加彩色矣。我人談及彩色套版，每不知其起源於何時。得此書，則此疑可決矣。

頃閱日本《尊經閣文庫漢籍分類目錄》，知閣中亦藏有彩色《墨苑》一部。則當時彩印之本必不止一二部也。

李卓吾評傳奇五種

十卷十冊　萬曆間刊本

此書亦陶蘭泉先生所藏，與彩印《程氏墨苑》同歸於余。余方斥售明刊傳奇數十種，乃復收此，結習難忘，自嘆，亦復自笑也。此五種傳奇為：《浣紗記》、《金印記》、《繡襦記》、《香囊記》及《鳴鳳記》。其中《金印》、《鳴鳳》、《香囊》三記尤罕見。圖版精良，觸手若新。《浣紗記》首有《三刻五種傳奇總評》，甚關重要。初刻或為「荊劉拜殺」及《琵琶》，二刻當為《幽閨》、《玉合》、《繡襦》、《紅拂》、《明珠》。合之，凡十五種。《荊記》尚有傳本。「劉拜殺」則不可得而見矣。頗疑李卓吾只評《琵琶》、《玉合》、《紅拂》數種。其後初刻，二刻、三刻云云，皆為葉晝所偽作，故合刻數種，殆皆為翻印本。不細校，不知原刻之精美也。

三刻五種傳奇總評

浣紗尚矣！匪獨工而已也，且入自然之境，斷稱作手無疑。若《金印》、若《香囊》，俱書生之技，學究之能，去詞人遠矣。可喜者《錦箋》一傳，組局既工，填詞亦美。雖未入元人之室，亦已升梁君之堂，近來一作家也。如《鳴鳳》，原出學究之手。曲白盡佳，不脫書生習氣。而大結構處極為龐雜無倫，可恨也。噫，安得「荊劉拜殺」而與之言傳奇也哉！安得「荊劉拜殺」而與之言傳奇也哉！不獨傳奇已也。若至今日，詩文舉子業皆不可言矣。奈何奈何！付之長嘆而已矣！

禿翁

快書

明閔景賢輯刊　五十種五十冊　天啟丙寅刊本

此書余曾讀於巴黎國家圖書館。在諸明人雜輯叢著中，此書體例，尚稱謹嚴。雖多巧立名目，而尚注出原書名稱，並註明是刪本或元本。殊非《小窗四紀》諸書揉雜群言者之同類。頃於文匯書局見一部，乃收得之。價甚昂。別有《廣快書》五十種，為何偉然所纂，惜未得見。明末人最善於談花評酒，窮奢極欲於生活上之享受，純是「世紀末」之病態。余本有意於研究此一時代，故每喜蒐羅此類書。

渭南文集

宋陸游撰　五十卷十六冊　明末汲古閣刊本

汲古閣刊《放翁全集》，非難得之書。唯所見每為後印本。余十年前曾得初印本《劍南詩藁》，並附《南唐書》、《齋居紀事》、《家世舊聞》等。但闕《老學庵筆記》。月前，於文匯書局睹《渭南文集》一部。亦為初印本，亟收之。然仍闕《老學庵筆記》。一書之全，其難如此，誠非以書為賞玩之資者所能理會也。放翁有心人也，生當南北宋之際，身經中原陸沉之痛，見朝廷上下，宴安嬉樂，若自甘於小朝廷之局面者，惄然憂傷，見之詩文。回天無力，呼籲誰聞。屈子孤吟，賈生痛哭，其心苦矣！臨終時，猶有恢復之念，乃有「家祭無忘告乃翁」語，傷矣傷矣！其心何日忘中原也！豈知小朝廷飲鴆自娛，日陷日深，竟至復有「胡馬渡江，翠華浮海」之變。放翁死不瞑目矣！余幼時即喜誦放翁詩，今置「全集」案頭，幾日日快讀數十百首。每不覺悲從中來，淚涔涔下，漬透紙背。然念今時局面，決非昔比，則又自壯！

✦ 大明一統志

明李賢等輯　九十卷五十冊
萬曆間萬壽堂刊本

此書有明天順及弘治二刊本，價奇昂。此為萬曆間金陵坊賈所刻；其印時則已入清，故凡「大明」二字均挖改為「天下」二字，書名亦作《天下一統志》。故價甚廉。余得於朱瑞軒處。明代《一統志》修於天順時，撰者為李賢諸人。乃直至萬曆間尚未重修，仍沿用舊本，至可詫怪。若《清一統志》則一修於乾隆，再修於嘉慶。於斯可見明廷官吏之不知留心時務與經世之術。地理之不知，方位之不明，風俗人情之不瞭解，何能談「政治」之設施乎？

中晚唐十三家集

劉雲份輯　十六卷八冊　明末刊本

附《八劉詩集》八卷

劉雲份初輯《八劉詩集》（劉叉、劉商、劉言史、劉得仁、劉駕、劉滄、劉兼、劉威），因得中晚唐人集不少，復輯十三家為一集（姚合、周賀、戎昱、唐球、沈亞之、儲嗣宗、曹鄴、姚鵠、邵謁、韓偓、林寬、孟貫、伍喬），蓋有得即刊也。所據原本，均未甚佳。蔣孝於嘉靖中刊《中唐人詩》十二家，此無一家與之重複；《唐詩紀》僅刊「初」、「盛」，未及「中」、「晚」。雲份此刊或意在補闕歟？

唐宮閨詩

劉雲份輯　二卷二冊　明末刊本

此書一題「唐人遺詠」《女才子詩》，余得於文匯。離余得《中晚唐十三集》，不及一月也。劉雲份序云：「近輯《中晚唐人詩》，遍閱諸集。念此簾幕中人，蘭靜蕙弱，何能搦數寸之管，與文章之士競長鬥工。彼其微思別緻，托物寄情，婉約可風，精神凝注，亦與白首沉吟者輝耀後世，可謂卓絕矣。忍視諸選家取此遺彼，令其珠明花豔，顧淪沒於書蟲竹蠹間乎？爰從仇定之次，廣羅而全錄之。取其品行端潔者列為上卷正集；若夫敗度逾閒者列為下卷外集。」唐宮閨詩無單刊者，胡震亨《唐音統籤．庚籤》有宮閨詩九卷，然未刊。流傳於世者亦僅薛濤、魚玄機詩集耳。此書所輯雖遺漏尚多，然實為輯全唐女子詩之椎輪也。

譜雙

明 未知撰人 不分卷一冊

正德刊《欣賞編》本

沈氏萃芬閣書散出，某肆得《元十家集》、《升庵詞品》及正德本《欣賞編》，求售於余，價甚廉。余囑其留下。明日過之，已悉為他人所得。余尤喜《欣賞編》。為之懊喪不置。一月後，託中國書店於杭州某肆收得《譜雙》一冊，蓋《欣賞編》中之零種也。具人物圖，且有生動之趣者，《欣賞編》中亦僅有此種。得此，可不備全書矣。余於書，本不作收藏想，只視為取材之資而已。似此類書，本不必求全也。

欣賞修真

明　未知撰人　不分卷一冊　明刊本

得《譜雙》後，復得《欣賞修真》，同一版式，蓋亦《欣賞編》中之一種。首有「長興王氏詒莊樓藏」印。唯余見《欣賞編》總目，卻無此種。蓋在「續編」中也。唯「欣賞續編」為萬曆間茅一相集，而此書則似為正德刊本，不知何故。疑沈傑之《欣賞編》原有「續編」而今未見也。

精選點板崐調十部集樂府先春

陳繼儒選　三卷一冊
萬曆徽郡謝少連校刊本

明刊散曲傳世者甚罕，南曲選尤不易得。余十年前得天一閣舊藏《新編南九宮詞》於乃乾許，曾詫為不世之遇。後又鈔得吳瞿安先生藏本《南詞韻選》，及《情籟》，北平圖書館藏本《三徑閒題》，某氏藏本《詞林白雪》。以重價購得《南北詞廣韻選》及《吳歈萃雅》、《彩筆情詞》、《吳騷集》、《吳騷二集》、《吳騷合編》、《怡春錦》、《詞林逸響》、《太霞新奏》、初印本《南北宮詞紀》等書。（又於斐雲處見《南音三籟》，惜未錄副。）戰時，又於來青閣得《樂府名詞》及殘本《古今奏雅》。收藏此類書者，恐以余為最多。然《南九宮詞》於翻印後即轉讓於北平圖書館，《南北詞廣韻選》、《樂府名詞》及《古今奏雅》三書最近亦於錄副後，歸諸國家。《南詞韻選》則於南下後遍覓未獲，不知何時失去。存者僅寥寥數種。收書之興，為之頓減。然頃於無意間乃復獲得《樂府先春》一冊，頓使黯然減色之「曲庫」為之絢爛生光輝。余本有志於編刊明曲，獲此，得助不少。初，余於課餘偶過中國書店，遇性堯，立談甚久。夜色蒼茫，燈火逐漸四現，正欲歸去，抱經堂主人朱瑞祥忽攜數冊破書來，要郭石麒鑑閱。余久不與之交易，姑問有何好書。彼云：新從杭州收得此數種。略一翻閱，赫然有《樂府先春》在。首附插圖八幅，為黃應光所鐫，圖中人物，古樸類唐畫。書分三卷，首卷有套數二十，上卷有套數六十五，下卷有套數五十七。題松江陳眉公選，其刊刻年代當與《吳騷集》約略同時（萬曆四十年左右）。余得之，不忍釋手。詢價，索金五十。立即收得，不復躊躇觀望，蓋一失之，即不可復得也。方斥售「曲庫」中物大半，精本盡去，不意乃復得此，誠自喜！中有俞羨長、姜鳳阿、鄭翰卿、朱射皮、李復初等十餘家曲，皆他處所未見者。抱書而歸，滿腔喜悅，不復顧及餐時已過，飢腸碌碌矣。

彙雅前集

明張萱編　二十卷

萬曆丙午刊本

存一——二、五——七、十——十五，共六冊

此殘本《彙雅前集》，余得於石麒許。余所藏《北雅》，為張孟奇刻。初不知張孟奇為何人。今見此書，乃知孟奇即張萱。萱為回教徒，居南京，刻書甚多。所謂清真館本《雲笈七籤》，即其所刻。此書萱自序，亦正署「題於金臺之清真館」。萱又著《疑耀》七卷，重編《文淵閣書目》為《內閣藏書目錄》八卷。蓋亦好事之徒。此書以《爾雅》為綱，而以《廣雅》、《小爾雅》、《方言》、《釋名》諸書，彙於《爾雅》之下。又以《埤雅》、《爾雅翼》彙為「後編」，今未見。萱自序謂：「余為《字觿》，計非十年不敢出以示人。然一出當令古今字書皆廢。」而以此書先之。《字觿》未知曾成書否？而此書則實為「前無古人」之作也。

至大重修宣和博古圖

宋王黼等撰　存第一、二及十五、十六卷二冊

嘉靖間蔣暘翻刻本

《宣和博古圖》流行於世者為萬曆戊子泊如齋刊本。乾隆間黃晟得其版，合《考古圖》及《古玉圖》稱三古圖。余於劫中，得泊如齋初印本《博古圖》於來青閣。壽祺云：蘇店尚有明嘉靖間《博古圖》殘本。余促其郵來。不數日，書至。雖僅四卷，余亦收之。此書卷帙甚大。每半頁八行，每行十七字。諸家書目間載此書，而每為殘本，罕有全者。

分類補注李太白詩

楊齊賢集注　蕭士贇補注

二十五卷六冊　萬曆間許自昌刊本

許自昌曾刊《太平廣記》，不易得，又撰《水滸記》，演唱者至今不衰。余久欲得其所刊李杜集。雖不難得，卻一時未遇。頃在上海書林朱瑞軒架上，見有李集，且價甚廉，乃收之。不知杜集何時可以收得。

古今名公百花鼓吹

《唐詩》五卷　《宋元明梅花鼓吹》二卷
《梅花百詠》八種　又《牡丹百詠》一卷　二冊
萬曆戊申梁溪九松居士（王化醇）尊生齋刊本

抱經堂從杭州攜來一批書，余得萬曆版《樂府先春》，為其中白眉。數日後，至中國書店，又在亂書堆中，獲見《百花鼓吹》及清人某氏之《百花詞話》，亦為抱經堂物，聞已售之北平文殿閣。余渴欲得《百花鼓吹》，即取歸。明日再過之，則《百花詞話》已為程守中先生所得。余方斥去萬曆楊氏原刊本之《唐詩豔逸品》，乃忽發興欲得此書，思之，不禁自笑其多事。然《豔逸品》尚有朱墨刊本可得，《百花鼓吹》則絕罕見，且所附之宋元明《名家梅花鼓吹》二卷及《梅花百詠》等尤多不易得見之詩篇。《梅花百詠》傳世者向僅中峰禪師及馮子振撰二種，《夷門廣牘》中則僅有馮作及周履靖之和作。阮元《四庫未收書目提要》有《梅花百詠》一卷，為元韋德珪撰。今此書於中峰、子振、德珪所作外，別有王達善、於謙、周正及無名氏幾種，且附張豫源之《牡丹百詠》，故必欲得之。此類書雖無大意義，然亦元明文學資料之一種，不宜聽其淪落也。

鴛鴦棒

明范文若撰　二卷二冊　崇禎刊本

荀鴨撰《博山堂三種曲》有原刊本，附《北曲譜》，二十年前，余曾見一全書於受古書店。後為涵芬樓所得。「一二八」之役，與樓同燼。每曲皆附圖，作圓形，甚精緻。劫中，先得《北曲譜》四冊於來青閣，價甚昂。頃又得《鴛鴦棒》一種，末亦附《北曲譜》。惜圖奪。余所藏《玉夏齋傳奇十種》中有荀鴨二劇（《鴛鴦棒》與《花筵賺》），獨闕《夢花酣》。荀鴨作傳奇甚多：今所知者尚有《倩畫姻》、《勘皮靴》、《金明池》、《花眉旦》、《雌雄旦》、《歡喜冤家》、《生死夫妻》等，皆稿本未刊，僅見數曲於《南詞新譜》。（玉夏齋本《鴛鴦棒》，實即用博山堂舊版刷印者。）

籌海圖編

明胡宗憲編輯　十三卷六冊　天啟甲子刊本

此書翻印本甚多，均不佳。此本為天啟刊白皮紙本，於所見各印本中最為精良。惜嘉靖王戌原刊本，不可得見，是一大憾事。《籌海圖編》為防倭而作，於沿海形勢，言之甚詳。倭患經過，亦加詳述。「經略」中，論水戰船艇之構造與戰術，最可注意。所附各圖皆精。單桅與雙桅船之桅上，均有「望斗」，為他書所未見。足與戚繼光之《紀效新書》、《練兵實紀》同為明代倭患史中之要籍。余所得《紀效新書》、《練兵實紀》亦均為翻刻本，十數年來，訪求原刊本，迄未曾收得。

說郛

元陶宗儀纂　一百二十卷四十冊

明末陶珽刊本

陶宗儀《說郛》體例仿宋曾慥《類苑》，而所收雜糅之至，然古佚書往往賴之而存，不能廢也。原本久佚，僅散見明鈔殘本。近人張宗祥集諸明鈔，重刊印行，原本面目，約略可睹。然張本之前，流行者唯陶珽一刻。今所見陶刻，多後印者，闕帙累累，幾無一本相同。後人得其殘版者，更欺詐百端，巧立名目，並《續說郛》殘版，或稱《五朝小說》，或稱《唐宋叢書》，或稱《續百川學海》，或稱《廣百川學海》，皆得酬其欺。其實僅加刻一二通序目耳。此本余得於中國書店，尚為中印較善之本。與《彙刻書目》所載目錄細校一過，《彙刻》注「闕」者，此本大都有之：（一）《洛書甄耀度》（卷五）；（二）《山居新語》（卷五十）；（三）《朝會儀記》（卷五十一）；（四）《南越志》（卷六十一）；（五）《乾道奏事錄》（卷六十五）；（六）《東谷所見》（卷七十三）；（七）《髻鬟品》（卷七十七）。亦有《彙刻》不注「闕」而此本實闕者：《乘軺錄》（卷六十五），《公私畫史》（卷九十一），《禾譜》（卷一百五）及《齊諧記》（卷一百十五）四種。此本有而《彙刻》未列目者凡三十二種，足補諸叢書目之遺漏。書非目睹，或得善本，誠未易即據為「目」也。叢書目不難輯，難在不能多得異本相校耳。

續說郛

清陶珽纂　四十六卷二十四冊　順治間刊本

珽既刊《說郛》，復纂明人說部五百二十餘種以續之。但間亦闌入宋元人作。此本余與《說郛》同時得之，亦佳。《彙刻書目》注「闕」之《龍興慈記》（卷五），《雲南山川志》（卷二十五），《水品》（卷三十七），《拇陣譜》（卷三十九），《野菜箋》（卷四十），《虎苑》，袁弘道《促織志》（四十二），《廣寒殿記》，《李公子傳》，《倉庚傳》（卷四十三），《蓮臺仙會品》，《後甒品》，《續甒品》（卷四十四），《雜纂三續》（卷四十五），此本均有之。但目錄中注「闕」者仍有數種。不知初印本完全不闕之正續《說郛》各藏家有之否？

皇朝四明風雅

明戴鯨輯　四卷四冊　嘉靖三十五年刊本

《甬上耆舊詩》與《續耆舊詩》，選四明人作已大略無遺。此為戴鯨輯，入選者皆明人，故名《皇朝四明風雅》（序作《四明雅集》）。「四庫」入存目，傳本罕見。余得之平湖胡氏。近購得地方詩文集不少，而明本則不多，於《金華文徵》外，僅有此書耳。

✦金華文徵

明阮元聲輯　二十卷八冊　崇禎間刊本

此書余得於富晉書社，刊印尚精。清人輯《金華文略》，多取材此書，而被削去之篇章不少。故此書仍不能廢。元聲別有《金華詩粹》一書，惜未收得。頃北平來薰閣復於此間得正德本《金華文統》。迨余知而追詢，則已載之北去矣。

鶴嘯集

明朱盛濙著　二卷二冊　崇禎丁丑刊本

今歲書市因平賈之麇集而頓呈活躍。各家皆出書目，杭州諸肆亦每寄臨時目錄來。但均無甚好書，蓋好書不待目出皆已為平賈攫去。前在中國書店見杭州某肆目中有《鶴嘯集》，名目較生僻，即託其代購。頃書來，為崇禎寫刻本，甚精，首題楚鄂渚朱盛著。明代楚地朱氏，多楚藩後，至二三萬人。盛濙當亦為宗室。詩無驚人語，然穩妥。

海內奇觀

明楊爾曾輯　十卷十冊　萬曆三十八年刊本

楊爾曾自號雉衡山人，所輯書不少，有《仙媛紀事》，《楊家府演義》及《韓湘子傳》等，殆為杭地書肆主人，或代書肆輯書者之一人。此書余在北平曾見一部，未留下。近編「版畫史」，思得一本，而上海各肆均無之。平賈王溽馥云：彼肆中有之。乃囑其寄來。價不甚昂，遂收之。明人輯名山遊記者有都玄敬（穆）、何振卿（鏜）諸人，而其書皆不附圖。名山記之有圖，蓋自爾曾此書始。圖為錢塘陳一貫繪，新安汪忠信鐫，甚精雅，唯尚微具粗獷氣。崇禎間無名氏《天下名山勝概記》出，則其圖漸趨細緻纖弱矣。此書「說」皆出爾曾手筆，不類他書之專集昔人遊記也。

金湯借箸十二籌

李盤撰　十二卷五冊　崇禎己卯刊本

此書有清代翻刻本，甚易得，然已削去違礙語。蓋原本在禁書之列，久不得復睹矣。頃從葉銘三許得此書原本，甚為快意。李盤生當崇禎末年，亂兆方萌，此「十二籌」：「籌修備」，「籌訓練」，「籌積儲」，「籌製器」，「籌清野」，「籌方略」，「籌申令」，「籌設防」，「籌拒御」，「籌厄險」，「籌水戰」，「籌制勝」，慮深思周，固亦一有心人也。明代兵家言，自戚繼光《練兵實紀》、《紀效新書》後，作者至多，皆附圖說，偏於實用。亦有輯古語故事者，若《百名將傳》、《經世奇謀》等。但類多輾轉鈔襲。此書則合將略、故事及器用為一編，亦多蹈襲語。似為兵家實用之一手冊。附圖亦甚精雅。

百名家詩選

福清魏憲選　八十九卷存二十二冊

（缺一——六）　枕江堂刊本

卷一　魏裔介　　卷二　李　霨
卷三　王崇簡　　卷四　龔鼎孳
卷五　梁清標　　卷六　王熙（以上缺）
卷七　錢謙益　　卷八　吳偉業
卷九　曹　溶　　卷十　申涵光
卷十一　曹申吉　　卷十二　佟鳳彩
卷十三　楊思聖　　卷十四　戴明說
卷十五　沈　荃　　卷十六　陳廷敬
卷十七　王士祿　　卷十八　王士禎
卷十九　曹爾堪　　卷二十　施閏章

卷五十一　宋　翔
卷五十三　申涵盼
卷五十五　毛升芳
卷五十七　計　東
卷五十九　孟　瑤
卷六十一　楊輝斗
卷六十三　黄　伸
卷六十五　張祖詠
卷六十七　張鴻佑
卷六十九　戴其員
卷七十一　陸　輿
卷七十三　朱　驊
卷七十五　劉元徵
卷七十七　楊思本
卷七十九　王澤弘

卷五十二　孔興釪
卷五十四　袁　佑
卷五十六　梅　清
卷五十八　趙　威
卷六十　程啟朱
卷六十二　成　光
卷六十四　黄　任
卷六十六　張鴻儀
卷六十八　劉友光
卷七十　李念慈
卷七十二　沈道映
卷七十四　孫　郁
卷七十六　楊州彥
卷七十八　劉維禎
卷八十　丘象升

卷八十一　葉雷生
卷八十二　宗元鼎
卷八十二　毛師柱
卷八十四　黃之鼎
卷八十五　曹玉珂
卷八十六　吳學炯
卷八十七　釋大依
卷八十八　釋讀徹
卷八十九　魏　憲
上《百名家詩選》八十九卷，魏憲輯，蓋續《石倉詩選》者。實只八十九家。每家有一小序，足資知人論世之助。「百」字係後來挖改，疑非原來書名。余先有魏氏《詩持》三集，復於傳新書局徐紹樵許得此。價甚廉。故雖闕前六卷，仍收之。紹樵云：有《石倉詩選》百二十餘冊。餘力促其出售。未商妥，而先獲此。南洋中學有此書全帙，當借鈔補足。憲自附其詩於後，不脫明人積習。所選未必皆可觀。然其中詩集不傳者居多。賴此，得窺豹一斑。

唐十二家詩集

不分卷十四冊　萬曆甲申楊一統刊本

一　王勃集　一冊
二　楊炯集　一冊
三　盧照鄰集　一冊
四　駱賓王集　一冊
五　陳子昂集
六　杜審言集合　一冊
七　沈佺期集　一冊
八　宋之問集　一冊
九　孟浩然集　一冊
十　王維集　一冊
十一　高適集　二冊
十二　岑參集　二冊

上唐十二家詩集十四冊，為南州楊一統（允大）刊本。明人編選唐詩者至多，自高棅《唐詩品彙》以下，至馮唯訥《唐詩紀》、張之象《唐詩類苑》、胡應麟《唐詩統籤》（僅見戊籤及癸籤二集）、曹學佺《唐詩選》，無慮數十百家，而合刻數家詩者卻不多見。合刻初盛唐詩十二家者，有嘉靖壬子永嘉張遜業本，有晉安鄭能本，余皆未見。此本題為「重刻」，卻未說明係復刊何家者。三家所選十二家，名目皆相同。未知張鄭二家孰為祖本。十月二十日，余終日清理書籍，欲脫離古書於蟲鼠之厄，奔波於樓之上下，筋疲力盡，乃姑置之。乘車至中國書店，無一可資留戀之書。正欲廢然而返，在堆滿「廉價」書之桌上忽發見破書一堆，為書賈葉某之物，其中有舊鈔本《天啟宮詞》及此書等。索價不昂，便收得之。自喜不虛此行也。時日色黯淡，西風淒厲，衣衫單薄，漸覺涼意侵人，然挾書臂下，意甚自得，同時獲得尚有程榮刊《嵇中散集》一冊。孫仲逸序此書云：「於時作者眾多，篇章繁贅。選醇摘粹，種種相望。苛嚴於歷下，氾濫於新寧，使務精者致憾於多，博摭者遺恨於寡。均之二集，未為折衷。故總唐初四傑及陳沈王孟十二人為集。上盡正始之英，中羅開元之美，外聯甫白之華，下杜中晚之漸。有唐之盛，班然備於斯集矣。」雖多溢美之詞，然知擇此十二家，尚有識力。暇當與他本校之，未始非重輯「全唐詩」之助也。每冊均有「御賜天存閣」及「南海康有為更生珍藏」二印，蓋自康氏散出也。同時散出者尚有劉侗《帝京景物略》等，悉為平賈所得。（北平圖書館亦藏有此書殘本。）

嵇中散集

十卷一冊　萬曆間程榮刊本

程榮為刊《漢魏叢書》者。當時承七子之餘風，士人競以刊刻漢魏名著為事。《漢魏叢書》流傳甚廣，但榮此刻卻不多見。不知尚刊有其他漢魏人集否？余頗思多蒐羅明人單刊諸子與六朝人集。此願不知何日可償。蓋限於力，未必能每見皆收也。此刻首有嘉靖乙酉黃省曾序，似重刻省曾本。但其中異處甚多。魯迅云：「程榮刻十卷本，較多異文，所據似別一本。」（《魯迅全集》第九冊〈嵇康集序〉）魯迅於此集用力至劬，其寫定本已足為定本。然明刊舊本，仍可貴。

莆風清籟集

鄭王臣輯選　六十卷十六冊

乾隆壬辰刊本

余不喜收故鄉文獻，以其過於偏狹，有「鄉曲」之見也；尤惡稍稍得志，便事編刊鄉里叢著。友人滕固，以介紹希臘、羅馬及德國文化為職志，與余有同嗜。及其任職南京，久不相聞問。一旦相見，乃出所刊《寶山文獻》諸集見貽。余頗怪其染時習之深。近從事「文學考」之纂輯，乃知地方詩文集之重要，復稍稍收之。然實浩如煙海，不能以一人之力一地之「資」蒐羅其百一。聊備其所當備者耳。此《莆風清籟集》余偶得之於抱經堂架上，殊罕見，足資文學考之參訂。固非以其鄉邦文獻而收之也。

第五才子書

金聖歎評點　七十五卷二十冊
雍正甲寅句曲外史序刊本

此翻刻貫華堂本《第五才子》也，然罕見。首附人物圖四十幅，筆致及讚語均臻上乘，頗疑即為翻刻老蓮《水滸葉子》者。故余雖已收《聖歎外書》數種，卻仍收之。某君曾語余：嘗於日本京都某肆得貫華堂本《水滸》，首附老蓮畫人物像，當即此本。

余頃復收得原刻老蓮《水滸葉子》一冊，與此本圖像對校，此本果即翻刻老蓮所作者，不出余所料。原刻本所缺劉唐、秦明二像可以此本補之。唯此本將武松、戴宗二讚互易，大誤。李逵亦易為手執二板斧。與原作異，原作神采奕奕，此本則形似耳。

石倉十二代詩選

明曹學佺編　存六百六十卷二百四十七冊

崇禎間刊本

《石倉十二代詩選》為明代詩選中最弘偉之著作，其明詩一部分尤關重要。《四庫全書》所收，明詩僅至次集而止。謂三集以下均佚。《彙刻書目》載其全目，亦謂六集以下為鈔本。實則石倉所刻明詩，不止六集。所謂禮親王府藏本，於明詩六集外，別有明續集五十一卷，再續集三十四卷，《閨秀集》一卷，《南直集》三十五卷，《浙江集》五十卷，《福建集》九十六卷，《社集》二十八卷，《楚集》十九卷，《四川》、《江右》、《江西集》各五卷，《陝西集》三卷，《河南集》一卷。於六集中，又有：三續集十三卷，四續集九卷，續五集四卷，五續集六卷，六續集二卷，均刻本也。（《彙刻書目》作鈔本，係據《嘯亭雜錄》，誤。）群目為最足本。嘗為陶蘭泉所得。後蘭泉所藏叢書悉售之日本東方文化學院京都研究所，此書亦東去不返。（此本有禮王府藏印，必即為《彙刻書目》所云之本；唯《彙刻》所舉，尚有七至十集，此本無。恐《彙刻》誤記。以「九集」本即《社集》也。見後。）十五六年前，乃乾嘗得殘本百餘冊，中有明詩七集及八集十數冊，卻又溢出禮親王藏本之外。後乃乾所藏歸於北平圖書館，其中七集及八集則歸於南洋中學圖書館。余七年前，嘗在北平邃雅齋見此書一部，亦有七集。渴欲得之，以索價奇昂而止。但終在他肆得次集五十餘冊，載之南歸。合肥李氏書散出，中有明詩四集。余未及知，已為平賈所得。秋間，偶過傳新書店，得清人詞五十餘種。平賈徐紹樵云：有《石倉十二代詩選》一百餘冊，正在裝訂，其中明詩有八集九集。余欲得之，議價未妥。我聞之，心躍躍動。即囑其為余留下。時未見書，亦未詢價也。數日後，紹樵持魏憲《百名家詩選》來，余即購之。憲書蓋續《石倉》者，不意竟先得之。葉銘三聞余購《石倉詩選》，亦至。云：彼亦有殘本《石倉詩選》百餘冊。余促其攜來。不數日，書至，凡一百十六冊，反先於紹樵書歸余。自古詩、唐宋元詩、明詩初、次、三、四、五集均有，而明詩奇零之極，三集僅有一冊。然余竟以高價收之。紹樵書卻久不送來。數次速之，一月後，書乃至。凡一百二十冊，均為明詩，竟有八集三十餘冊，《社集》十五冊（以其中間標作九集，故紹樵目之為九集），矜貴之至。八集數冊及《社集》全部，其卷數均尚為墨釘，未刻。經數日之整理，剔除重複，凡得六百六十卷，二百四十七冊。獨七集竟無一冊，續集則僅存第四十五卷一冊；三集亦僅存一冊（四卷）。其他各集，闕卷，闕頁，比比皆是。然余已感滿意。以斯類材料書固不能斤斤於完闕與否也。唯不知何日方得配齊全書耳。即借鈔亦不易也。一書之難得如此！豈坐享其成者所能想像得之乎？八集中未刻卷數者凡三卷：（一）王留《匏葉詩》（附王醇）；（二）李生寅《高臥樓集》（附李德繼、李德豐）；（三）文元發《蘭雪齋集》。《社集》所收者凡二十九卷，均無卷數次第：（一）陳瓚《玄冰集》，（二）張千疊《舒節編》。（三）陳正學《灌園集》，（四）陳偉《容閣集》，（五）鄭邦泰《木筆堂集》，（六）林光宇《情痴集》，（七）徐熥《幔亭集》，（八）高景《木山齋集》，（九）崔世召《秋谷集》，（十）陳瞻《四照編》，（十一）林叔學《蒹葭集》，（十二）張燮《藏真館集》，（十三）黃天全《葆谷堂集》（附黃尚弘），（十四）吳潛《竹房稿》，（十五）顏容軒《鳴劍集》，（十六）倪範《古杏軒稿》，（十七）楊葉瑤《鳴秋集》，（十八）陳翼飛《紫芝集》，（十九）周嬰《遠遊編》，（二十）林祖恕《山房集》，（二十一）游日益《辟支岩集》（附游及遠），（二十二）李天植《冥六齋草》，（二十三）陳宏己《百尺樓集》，（二十四）陳鴻《秋室集》，（二十五）游士豪《□□集》，（二十六）游適《游草》，（二十七）李岳《湖草集》，（二十八）王宇《烏衣集》，（二十九）陳仲溱《響山集》。殆隨得隨刻，故不記卷數。以作者皆閩人，且皆學侶同社，故曰《社集》。不知較禮親王藏本（僅二十八卷，此本多一卷）異同如何。明詩初集每卷皆附原集舊序或傳，次集以下，則均無之。又一集之中，往往卷數多重複，為例甚不純。當是未加整理之作，然明人詩賴此而活者多矣！自余購此書後，葉銘三知余亦收殘書，復持某氏殘書目二冊來。中有天一閣舊藏本甚多。余得五六十種，亦意外之收穫也！

陶詩析義

明黃文煥編　四卷一冊　明刊本

六朝人詩，以《淵明集》刊本為最多。余既收《楚辭》不少，乃復動收陶集之興。頃見正德刊何孟春注本十卷，為平賈所得，索價至二百金，為之愕然。力不能收，亦不欲收。但劫中所得陶詩，實多明刊本，而以黃文煥刊本為較罕見。文煥嘗輯《詩經考》，余十年前收得一本。此書不屑屑於字解句注，唯釋其大意而已。然多妄讚語，類大宗師之評點墨卷。蓋猶是李贄、葉晝、孫礦輩批評諸書之手法也。

✦ 碎金詞譜

清謝元淮編　六冊　又續譜四冊
道光間刊本

以工尺譜譜詞者，此書當為第一本。余以其多竊取《南北九宮大成譜》，不甚注意，故雖屢見之，均不收。近來歌詞之風漸盛，且有翻為西樂譜以便唱者。於是此書乃大行於世，頗不易得。此書有二刻，以寫刻本為佳。余前在來青閣得寫刻本「續譜」，頃復在中國書店得宋體字刻本正集。余集「詞」甚多。此書自當在「詞山」中占一席地。懼其漸趨難得，故遂收之。非趨時尚也。

管子二十四卷八冊、韓子二十卷八冊

萬曆十年趙用賢刊本

《管》、《韓》二子，明刊本不多，且均不佳。吳勉學刊《二十子》本，無注。唯趙用賢刊本獨佳，均有注。(《管子》注，題唐房玄齡撰；《韓子》注，題李瓚撰。)足匹《世德堂六子》，為《管》、《韓》定本。大抵明人刊書，每多竄亂篇章，任意增刪注語，甚乏忠於古本之精神。用賢所刊，則一以古本為主，謹慎嚴密，不師心自用。萬曆末有所謂「花齋管子」者，朱長春刊，即據用賢本，加以評釋。《韓子》舊本，多所佚脫。用賢始據宋槧校補，力謀恢復原書面目，用力至劬。相傳用賢刊書，均由子琦美助之。琦美即脈望館主人，號清常道人，藏書甚富，鈔校書亦不少，是明代一最謹慎小心之讀書人。所刊書自是不苟。此二書余同時得於文匯。惜一為白綿紙本，一為竹紙本，未能匹儷。

蕭尺木繪太平山水圖畫

清張萬選編注　不分卷一冊
順治間刊本

蕭尺木《離騷圖》，余藏有二本。唯〈太平山水圖畫〉則久訪未得。十餘年前，曾於蟫隱廬案上見一本，正在裝訂。詢其價，不過三十金。思得之，而肆中人云：已為日人某所購。流連數刻，不得不捨去。後見《支那古版畫圖錄》，中收〈太平山水圖畫〉一幅，正是蟫隱廬售去之本，印本甚模糊，尚可相識。秋間，偶與石麒談及此書，深憾未能獲得。石麒云：張堯倫先生嘗於劫中得一本，甚初印。我聞之，心躍躍動，力愬石麒向堯倫借閱，時余猶未識堯倫也。不數日，堯倫果慨然以此圖相假。余感之甚！細閱一過，圖凡四十三幅，無一幅不具深遠之趣。或蕭疏如雲林，或謹嚴如小李將軍，或繁花怒放，大道騁騎；或浪捲雲舒，煙靄渺渺。或田園歷歷如氈紋，山峰聳疊似島嶼；或作危岩驚險之勢；或寫鄉野恬靜之態；大抵諸家山水畫作風，無不畢於斯，可謂集大成之作已！不忍獨祕，遂再度商之堯倫，付之印廠。後堯倫聞余收太平天國書數種，甚欲得之。余擬與此圖相易。堯倫復慨然見允。於是此「版畫」絕作，遂歸於余。十載相思，得遂初願，喜慰何已！所堯倫割愛相貽之情，亦「衷心藏之無日忘之」也！

付印後，某賈見告：某社曾翻印過一本。取得閱之，殊失原作精神，且原本亦非初印者。此本仍有重印之必要。幾乎幅幅皆精，故不忍捨去一幅。竟全收於《版畫史》之圖錄中。

禮記集說

元陳澔著　十卷八冊　萬曆間書林新賢堂張閩岳校梓本

此書得於來青閣。版式甚怪，每頁上半均空白。壽祺云：此書無用，擬將上半頁舊紙截下，作為補書之用。余亟救取之。首有「凡例」數則，述所據之「校讎經文」及所「援引書籍」，為通行本所未見。末頁附一圖，圖繪數鯉向龍門跳躍狀，殆坊賈用以祝頌士子者。頃出此書示乃乾。乃乾云：上端空白，當是「高頭講章」，後人剷去不印入者。余本疑其為「高頭講章」本，果然余二人所見略同。

南柯夢

湯顯祖撰　二卷二冊　萬曆間刊本

此《玉茗四夢》之一，於《還魂》外，此曲刊本獨多。余有柳浪館評本，有臧晉叔改本，頃復收得一萬曆間刊本，甚精。不知為何人所刊。然實刊於臧本及柳浪館本之前。附圖亦甚精美。數年前余在平曾獲一本，甚初印，唯闕末數頁，此本則首尾完全。杭州某肆於秋間出一書目，中有明刊《四聲猿》及此書，價均廉。余託中國書店購之，但均已為他人所得。《四聲猿》歸朱瑞祥，復轉售於來薰閣。此本則歸富晉書社。余以十倍於原價之數，從富晉得之。嗜書之癖，彌增頑強，誠不易滌除也。

重刊河間長君校本琵琶記

元高明撰　二卷二冊
萬曆戊戌陳大來刊本

《琵琶記》明刊本最多，今所見者亦不下十數本，武進某氏影印之《琵琶記》，號為元刊本，與《荊釵》為雙璧，均傳奇最古刊本。原本曾藏上禮居，後歸暖紅室。今則在適園。然實亦嘉靖間刊本，非元本也。北平圖書館得尊生館本，最精，余欣羨不已。然二十年來，余亦得精本不少。玩虎軒刊本，號為「元本《琵琶記》」，凌初成朱墨本亦自云據元本。別有容與堂刊李卓吾評本，金陵唐晟刊「出像標注」本，則通行本也。劫中，又得魏仲雪評本一種。然大略均不甚相歧。頃復於富晉書杜收得陳大來重刊嘉靖戊午河間長君校元本，刊刻至精。唐晟本亦云出河間長君本，然奪去「凡例」、「總評」及《音律指南》，河間長君序亦不署年日。此本獨備。似尤勝尊生館本。細校之，知玩虎軒本所云「元本」者，實亦據此本。而評語注釋多攘竊之跡，而又妄事臆改，不若此本之忠實。此本為朱惠泉物，本欲求售於余，乃為富晉所奪。余必欲得之。乃以二倍之價，歸於余。今所見諸明本《琵琶記》，於適園藏嘉靖本外，當以此為最精良矣。

皇清職貢圖

董誥等編　九卷九冊　乾隆辛巳刊本

明人多繪苗傜圖，施以彩色。清本苗圖亦多。余以其皆為寫本，不收。明刊《三才圖會》，《精采天下便覽博聞勝覽考實全書》，及《石渠閣諸書法海》諸書中，皆有「九夷圖」，而甚妄誕不經，甚至收及《山海經》中人物。《皇清職貢圖》中所刊諸蕃夷，近自西南夷，遠至西洋諸國人，則皆寫實之作。原序云：「非我監臣所手量，我將帥所目擊，我驛使所口陳者，不以登槧削焉。統計以部曲區名者凡三百數，以男女別幅者凡六百數。」此語誠可信。此六百幅圖像，皆可作「信史」，確非妄為向壁想像者，不啻「冊府傳信之鉅觀」也。余在北平曾見一部，以價昂，未收。茲於富晉書社得之。繪圖者為監生門慶安、徐溥、戴禹汲、孫大儒四人，刻工未署名。筆法軟弱，雖細緻而不奔放，蓋「匠人」之作也。皇家刻本，大抵皆然。

尺牘新語二集

清徐士俊、汪淇同輯　二十四卷八冊
康熙丁未刊本

余得《尺牘新語廣集》於北平，甚有用。嘗於來青閣架上見有《尺牘新語二集》，疑即一書，未加留意。後來青閣《臨時書目》印出，載有此書，姑取來與《廣集》一校。二書編制相類，取材卻全歧。《尺牘新語》為徐士俊輯；《二鈔》為士俊與汪淇同輯；《廣集》則為淇獨輯；俱收明清之際士大夫啟札，多有關史實之文字。因復收得。周在浚等之賴古堂《尺牘新鈔》三集，亦即其類。余嘗得《新鈔》二三集，未得初集；此書亦獨闕《新語》（即初集）。想均不難配全。

澹生堂藏書訓約

明祁承　著　不分卷一冊　萬曆丙辰刊本

《紹興先正遺書》本《澹生堂書目》首附《藏書約》、《庚申整書小記》及《整書略例》;繆筱珊嘗刊祁氏之《藏書約》及《藏書訓》、《讀書訓》。此書則為萬曆原刊本,《讀書訓》、《約》及《整書小記》等均備於一編。諸藏書家皆未著錄,誠祕笈也。首有郭子章、周汝登、沈璠、李維楨、楊鶴、馬之駿、錢允治諸人題序,亦他書所未見者。葉銘三攜明刊殘書百數十種來,余選購數十種,價甚昂。此書亦在其中,獨不闕。余得之大喜。快讀數過,若與故人對話,娓娓可聽;語語皆從閱歷中來,親切之至。蓋承爜不僅富於藏書,亦善於擇書、讀書也。唯甘苦深知,乃不作一字虛語。余所見諸家書目序跋及讀書題跋,唯此書及黃蕘圃諸跋最親切動人,不作學究態,亦無商賈氣。最富人性,最近人情,皆從至性中流露出來之至文也。繆刻多錯字,《紹興先正》本亦多所刪削。稍暇,當以此本重印行世,以貽諸好書者。

讀書志

明江陰周高起輯　不分卷二冊　萬曆庚申五月周氏玉柱山房刊本

余今晨得明刊本《澹生堂藏書訓約》一冊，不禁大喜，快讀數過，餘味若猶在舌端。此誠是真藏書人，真讀書人之精神也！語語淺近，而無不入情入理。天陰欲雨，清晨皆消磨於斯。飯後微雨，地膏潤若暮春時節。余欲訪葉某，商購若干明人集殘本，便冒雨至中國書店。心頭猶帶輕快之感。未遇葉而遇石麒。桌上堆滿亂書，多為友人某君託售者。好書已去不少。余亦選購數種，皆詩人小傳之屬。此類材料，至有用。正選時，石麒打開一包云：「此為某先生所託售者。」內為《蘭桂仙》及《讀書志》二書。《蘭桂仙》，余已有，遂置之。細閱《讀書志》，正似將祁承㸁《讀書訓》擴大數倍之物。不分卷，卻分「好、蓄、護、專、癖、慧、適、友、助、激、觀、遇、閏」十三部。周氏編纂此書時，與《讀書訓》刊刻時間相差不過五年，或是受祁氏影響而纂輯者。採摭頗富，而皆不注來歷。仍不免明人纂書通病。但甚罕見；亦足為好書者案頭常備之物。一日而連獲此二書，頗自喜「書」運之佳也。

南華真經副墨

明陸西星述　八卷二十六冊
萬曆戊寅刊本

明人注諸子，好臆解，不如清儒之篤實。余方集周秦諸子，乃不能棄明人注不收。於罕見單行者，尤銳意購求，數年後或可略具規模。年來所獲已十數種。今日過中國書店。郭石麒方自內地回。所得各書，已大半為平賈所得。案上尚餘數書，為彼輩所未見。余乃盡得之。中有《南華真經副墨》，刊本精至，書亦罕睹。通帙書法宗顏魯公，莊重古雅，殊可愛。然其注則不佳。雖分八卷，而三十篇皆自為起訖。此種編法，亦是前無古人。

皇朝經世文鈔

陸耀編　三十卷十六冊
同治乙巳金陵錢氏刊本

此書一名《切問齋文鈔》；編於乾隆四十年，但原刊本未見。賀長齡之《經世文編》即續此而輯。余陸續收得賀氏、盛氏及光宣間刊印之若干「續編」、「新編」等。獨《文鈔》未遑購入。滬戰後一二月，舊書賈以籃筐挑書，沿街叫賣。有陳生者曾以此書及其他明版集子問余可購否。余未便奪之，但勸其留下此書。今乃無意於上海書林得之。價奇廉，僅國幣二紙。此類書頗有用，不當視如敝屣也。

請纓日記

清唐景崧撰　十二卷四冊
光緒癸巳臺灣布政使署刊本

余嘗發一弘願，欲收清季史料書。然實多至不可勝收，萬非斗室所能容。乃先收其較罕見及記述較確實者。於中英、中法、中日及拳亂諸變，均有所得。頃於積學書社得唐景崧《請纓日記》，尤得意。景崧守臺灣。中日戰後，清廷割臺於日。臺人大忿，景崧被擁戴為「總統」。違命抗戰。雖失敗，其事則可泣可歌。此書為景崧身預中法之役，以日記體述其經過者。初刊於臺灣布政使署。中有數頁闕佚，以鉛印者補入。當是攜版歸後重印於滬上者。

知本堂讀杜

清汪灝輯　二十四卷八冊
康熙四十三年刊本

杜甫詩，注者極多，余不耐蒐集，幾於一種都無。近方收明刊本數種（許自昌刻本，嚴羽評本等），皆不愜意。此書以年統詩，頗與余意相合。灝自序云：「讀杜必須編年。孟夫子知人論世遺訓也。」又云：「合年譜於詩目中，庶讀者瞭然，易於貫徹。」全集共收詩一千四百七首，而以附錄殿之。其卷二十四：為「錢宗伯本附錄。」凡《哭長孫侍御》以下四十八首；仇少宰本附錄，「選存」《漢川王錄事宅》等三首；更附「表賦」。清人注輯書，皆慎重將事，不似明人之輕率。不宜以其「近」而棄之也。

陳章侯水滸葉子

陳洪綬繪 黃肇初刻

存三十八頁（缺二頁）一冊 清初翻刻本

余酷嗜老蓮畫。力不能得真跡，則思得其刊木之本，以其近真而不能作偽也。初獲《九歌圖》，墨色如漆，毛髮可數，喜甚。持以較諸本，皆無出余右者。後獲睹張深之本《西廂記》，首有老蓮圖，卻不能收得，至今為憾。嘗在北平肆文堂得李告辰本《西廂記》，亦有老蓮繪圖；其鶯鶯像尤佳，半弛其衣，態蕩情醉，若出手跡，不類刷木。又友人周子競先生藏有老蓮繪《博古葉子》，余嘗假以付故宮印刷所影印二百冊。獨老蓮《水滸葉子》則屢求而未獲一睹。諸家皆無之。某君曾收得《第五才子書》，云其人物圖像為翻刻老蓮本。然余亦未之見。讀張宗子〈水滸牌序〉（《瑯嬛文集》卷一），益深神往。私念不知何日得見此本。月前，於中國書店收得雍正刊《第五才子書》，首附人物圖四十幅，疑即是翻老蓮作，而未敢確信。昨夜，遇抱經堂朱瑞祥，談及木刻書，彼云：所藏尚有數種罕見者。有《水滸葉子》，擬付石印，不出售。余喜甚，將信將疑。力促其攜來一閱。今日果攜來。刻者自署黃肇初，仍是清初的翻刻本。潘景鄭先生所藏的那一部才是真正的原刻本。那個本子後來也歸了我。曾仔細地對看了幾遍，翻刻本雖有虎賁中郎之似，畢竟光彩大遜。

花草粹編

明陳耀文輯　十二卷附錄一卷

存四、六、九至十二卷六冊　萬曆間刊本

陳耀文嘗著《正楊》，糾正升庵繆處不少，又著《天中記》，蓋博雅之士也。《花草粹編》十二卷，又附錄一卷，選輯唐宋人詞，於諸明人詞選中，為甚謹嚴之著作。所謂「花草」者以「花」代《花間集》（唐五代詞），「草」代《草堂詩餘》（宋詞）也。唯實非「花」、「草」之合編，其所選盡多出二書外者。此書原刊本甚不易得，即清金氏活字本亦罕見。（國學圖書館有影印袖珍本，甚易得。）余嘗在中國書店見殘本二冊為「四庫底本」。館員改易卷次，整齊詞例之筆跡尚在。（《四庫》析為二十二卷，不知何故。）以余未有「四庫底本」一冊，故收之，以備一格。葉銘三頃又攜殘本四冊來，亦收之。合之，僅得原書之半耳。

三經晉注

明盧復輯　十二冊　明末刊本

所謂《三經晉注》者，蓋合刻晉王弼注之《周易》、《道德經》及郭象注之《南華經》也。盧復《義例》云：「談理莫若晉人。《老》、《易》之有弼，《莊》之有像，一曰理窟新義，一曰疏外別解。蓋已為象弼之書，非復羲文，柱下，漆園之書也。」於《易》外，《老》、《莊》二書，均附李宏甫、袁中郎、劉孟會、楊用修、孫月峰之批評於眉端。此亦明人刻書之癖習。頃見來青閣書目有此書，以其不多見，且甚廉，遂收之。明刻諸子，以正德嘉靖間所刻者為最不苟。萬曆間趙用賢刊《管》、《韓》二子亦佳。啟禎時所刻者則類多急於成書，未免草率將事。此書亦其一也。

古文品內外錄

明陳繼儒輯　《品內錄》二十卷八冊　《品外錄》二十四卷十二冊　萬曆間刊本

《古文品外錄》為萬曆間陳繼儒選評，首有王衡、姚士粦二序及總校全書姓氏。所選皆為旨遠情深之文，凡三百餘篇。初無《品內錄》之名也。二書版式亦絕不相類。《品內錄》首有眉公序，所選自《考工記》以下至唐宋諸家文，二百餘篇。每卷書名上所列陳眉公三字，似均係挖改補入。頗疑眉公序亦偽作，殆坊賈以《品外錄》盛行，遂別選《品內錄》以匹之。後更冒名以資號召。凡萬曆崇禎間諸坊本，號為眉公評選者，殆皆此類。余曾藏《品外錄》一部，以此本璧合《品內》、《品外》二書，甚可怪，故復收之。

劫中得書續記

序

余於三月前輯劫中所得書諸題跋為《劫中得書記》，實未盡所得之十一也。友好見之，乃妄加策勵；並有欲誘之使盡所言者。斗室孤燈，寂寂亡憀，乃復叢集諸書，鈔錄各跋。並續作新得各書之題語，彙為《續記》。夫余所得，較之天壤間因劫所失者何啻九牛之一毛，固不足以語於收拾劫灰之殘餘；即就余所已燼者言之，亦僅得十之二三耳，復何沾沾之不已邪？然私念古籍流落海外，於今為烈。平滬諸賈，搜括江南諸藏家殆盡；足跡復遍及晉魯諸地。凡有所得，大抵以輦之美日為主。百川東流而莫之障，必有一日，論述我國文化，須赴海外遊學。為後人計，中流砥柱之舉其可已乎？頃見上海三月八日各報載：

（哈瓦斯社華盛頓航訊）美國國會圖書館東方部主任赫美爾博士，昨就中國圖書輸入美國情形，發表談片，略謂：「中國珍貴圖書，現正源源流入美國，舉凡稀世孤本，珍藏祕稿，文史遺著，品類畢備，國會圖書館暨全國各大學圖書館中，均有發現。凡此善本，輸入美國者，月以千計，大都索價不昂，且有贈予美國各圖書館者，蓋不甘為日人所攫，流入東土也。即以國會圖書館而論，所藏中國圖書，已有二十萬冊。為數且與日俱增。由此種情形觀之，該國時局今後數年內，無論若何變化，但其思想文化，必可綿延久遠。稽之史乘，古羅馬帝國瓦解後，陷於黑暗時期者，歷四世紀之久，遠東中國不虞其若此也。抑中國國有各藏書樓所藏書籍，想已安然運來美國，目下所運來者，多係私家藏書，其中大部分原屬中國北方之名閥世家所有，蓋其祖先往往誥誡兒孫什襲珍護，永世弗替，故凡一經庋藏，便爾祕不示人，後之學者，雖求觀摩而不可得也。曩者，余嘗求見一珍本，主人欣允，然亦須徵得其族人之全體同意，始得一睹，其難可知。唯因此類書籍之彌珍，故為任何學者所不獲寓目，敢信其中必有豐富之寶藏。今既流入美國，爾後當予學者以機會，俾為探討此種豐富之智識源泉，而大規模之編目工作，亦待著手進行。若干年前，北平有文化城之目，各方學者，薈萃於此，誠以中國四千餘年以來之典章文物，集中北平各圖書館，應有盡有，自今而後，或將以華盛頓及美國各學府為研究所矣。抑中國偉大的典章文物之流入美國，對於美國思想界，亦必有相當重大的影響，蓋中國文明，乃社會民主政治之極則，與美國文化，殊途同歸，而美國教會兒童之生長中國者，原已將中國哲學氣息，滲入美國生活之中，所望爾後美國全國學生，於本國永久儲存之中國偉大學術富源，多加研討焉。」

（路透社七日華盛頓電）國會著名圖書館東方組主任赫墨爾頃稱：「極可珍貴之中國古書，從戰火中保全者，現紛紛運入美國。中國藏書家將其世藏珍本，以賤價售之，半為避免被日人掠去，半為維持其難民生活。國會圖書館本有中國書籍二十萬冊，今在華購書之代表又購進數千冊，尚有許多將分置於全國各大學之圖書館中，無論中國如何，然寄託於文字中之中國靈魂，將安然保全於美國，故中國局勢，將與羅馬陷落致歐洲發生四百年黑暗時代之情形相似。」渠預料將來研究中國史學與哲學者，將不往北平而至華盛頓，以求深造。中國藏書家之出售其書籍，實出於不得已，與其聽令永遠喪亡，不如由同情的外人收藏之為愈。渠以為中國古書之大批輸入，當可補救泰西物質主義，蓋中國文化實在社會民政與技術發展中代表人類之更大進步，可使人類安居無擾也。近已運抵美國之中國書籍中，有數千種係地方之史乘，如府志，縣誌之類，此種史乘中，對於女子事業紀載頗多；其他為法律書及判例，此亦外人前所罕聞者也云。

赫美爾之言，雖未免鄰於誇大，然涓涓不息，其所言必有實現之一日則可知也。

美國哈佛及國會諸圖書館，對於「家譜」、「方志」尤為著意收購；所得已不在少數。盡有孤本祕笈入藏於其庫中。余以一人之力欲挽狂瀾，誠哉其為愚公移山之業也！杞人憂天，精衛填海，中夜徬徨，每不知涕之何從！雖近來收書，範圍略廣，然為力所限，每有見之而不能救者。且自開歲以來，生計日艱，余囊已罄，節衣縮食，所得不過寥寥數十種。余之苦心孤詣，索解人其可得乎！每勸友輩購書，而大抵亦皆清貧如洗，所入僅敷數口之食，竟亦不能從事於此也。而江南自經此次兵火劫掠之後，諸書院、書局及私家所存之版片，亦多殘缺不全，或且全部付之劫灰。亂定後，即求光宣間所刊之普通圖籍，恐亦有苦於難得之嘆矣。聞南菁書院之《續經解》版片已燼於火；浙江書局之《九通》版片，廣雅書局所鐫諸書之版片，常熟、蘇州各地私人所刊書之版片，亦均十九不存。或為兵丁持作爨具，或為平民攫去作薪柴。即有倖免於難者，亦往往殘闕不全，修補為難。且今兵事方急，烽火未寧，即若干此時倖免於劫之版片，其運命亦尚在未可知之天。嗚呼！文化之遺產，歷劫而僅存者其能有幾乎！故余不僅苦心婆口，敦勉藏家之網羅放失，且亦每每勸勵書賈輩多儲有用之書，以為將來建國之助。曾見一人持書單一紙，欲購《九通》或商務版之《十通》，開明版之《二十五史》，足跡遍此間坊肆，急切間竟不能得其一；即並任何版本《九通》或《二十四史》，亦並不能存一二部於架上。誠可哀已！余困居斗室，儲書之所極窄小。於此等書竟亦未能收藏一部兩部。有力者或將聞風興起，有意於此乎？綜余劫中所得於比較專門之書目、小說及詞曲諸書外，以殘書零帙為最多。竹頭木屑，何莫非有用之材。且殘書中盡有孤本祕笈，萬難得其全者。得一二冊，亦足「慰情」。藏書家每收宋元殘帙，而於明清刊本之殘闕者多棄之不顧。余則專收明刊殘本，歷年所得滋多。將別為《三記》一篇，專收殘帙之題記焉。是為序。

中州集

金元好問輯　十卷十冊　汲古閣刊本
末附《中州樂府》一卷

汲古閣刻《中州集》，後附《中州樂府》，余久欲得之。以其有石印本，因循未收。近校《中州樂府》，乃亟思得一本。月前在中國書店見到一本，印工尚好，價亦甚廉，欲取之而未言。適性堯亦在，為其捷足先得。余詢性堯：可否見讓。性堯卻堅欲得之。余甚怏怏。石麒云：此書不難得。再有，必代留。不及旬日，果復見一部，印本極佳，遠勝性堯所得者。乃即攜歸。惜中闕一冊。石麒云：原係全書，必不闕。然在該肆桌上架上卻遍索不獲。數日後，該肆送來所闕之一冊，蓋得之亂書堆中者。此不難得之書也，得之，乃亦大費周折，可嘆也！《中州集》以董氏影刊元本為佳。《四部叢刊》曾據以複印。汲古本《中州樂府》盡去作者小傳，卻不知張中孚、王澮、「宗室從鬱」及折元禮四傳，未見《中州集》，不應一併刪去。此可見毛氏校勘之疏忽，而影元刊本之足貴益著。書貴舊刊，實非僅保存古董也。乾嘉諸老，往往重視影鈔舊本，幾與宋元刊本等量齊觀，良有以也。

重刊宣和博古圖錄

三十卷十六冊　萬曆間鄭樸刊本

宋刊本《宣和博古圖錄》，並一頁亦未之見。今所見者多為元重刊本。余嘗得皮紙印殘本數冊。細閱之，卻是明翻至大本。嘉靖時，蔣暘嘗縮小圖型重刊之。今此本亦罕遘。獨泊如齋本盛行。頃郭石麒以萬曆間鄭樸重刊蔣本見售。綿紙初印，古樸可愛。余訪蔣本不能得，唸得鄭本亦佳，遂收之。蓋鄭本實亦不多見也。後又見鄭本二部，均竹紙後印者，不若余此本之精絕。頃以曝書檢出，復細細翻讀一過，甚愛重之。與此書同時收得者有夏樹芳《玉麒麟》二冊，亦為白綿紙初印本。

佳日樓集

明方于魯撰　十三卷六冊　萬曆戊申刊本

方于魯《佳日樓集》為明人集中最罕見難得者之一。程君房、方于魯墨訟案，哄傳當代。程氏《墨苑》至附《中山狼傳圖》以詬於魯。然當時士大夫中，亦有左袒於魯者。方訖於魯《墨譜》中何以無一語以自辯解，今得此集，見所附續集《師心草》中乃有〈喻謗〉一文，則於魯亦未嘗不欲有所言也。〈喻謗〉序曰：「古人有言，息謗無辯；又曰，止謗莫如自修。自余罹難以迄於今，與仇面絕十餘年，何謗書層見疊出！余未嘗以一字答之也。大都因詩忌名，因墨妒利。謗從二者而生焉。夫墨以磨而知真贗，以試而測底里。法眼有在，何用謗為！余既不能已謗，不能弭謗，不能有辯，不能無辯。於是作〈喻謗〉之篇，託為魚登日之辯。遊戲筆墨，將以解嘲。」文末乃云：「既不能投之山鬼，又不能屏之島夷，將使俠者扼其喉而斷其舌，仇者殘其形而鞭其屍。彼斯惡之為害，誰能甘其肉而寢其皮。」則亦至破口大罵矣。余因收集版圖，用廣搜《墨苑》、《墨譜》諸作。蘭泉所藏諸墨圖，除汪氏《墨藪》已於十年前歸余外，其彩印本

《墨苑》亦於今歲暑中歸余。但《方氏墨譜》及方瑞生《墨海》等書，則歸張氏約園。余於他處亦獲得《墨譜》、《墨苑》初印本，且所得不止一部。所未得者唯《墨海》耳。因《墨譜》諸書乃連類推及而欲收程方諸家集。程集絕不可得。方集則今方遇之，亦蘭泉物也。由孫實君轉售於余。聞蘭泉年內奇窘，故不得不斥售所藏書。急景凋年，不祭書而去書，其心境之惡，亦可知矣！於魯詩殊不惡，故李維楨、屠隆諸序皆盛推之。得此不僅得一程方公案之文獻，且亦得一晚明之佚著也。獨惜未能並獲程氏諸集耳。

史外

清汪有典撰　八卷四冊　同治刊本

傍晚，驅車赴文匯書店小坐，睹案上有待裝鈔本《史外》四冊，小字密行，鈔甚舊，而字不工，即攜之歸。蓋以其卷數甚多（三十二卷），與通行本不同，疑有溢出者。置架上數日。又至秀州書社購得刻本《史外》四冊（八卷）。以一夜之力，細細校過。二本分卷雖不同，而內容不殊，文字亦絕鮮可資校勘處。且抄本訛字觸目皆是，反不若刻本之佳。書貴舊抄，尤貴宋元人集之舊抄者，以其足以補正四庫館臣之妄刪亂改也。若斯類抄本，實不值一顧。遂舍抄而取刻。（後聞此抄本售於某，得善價。蓋彼輩僅耳聞舊抄可貴，而不知舊抄之所以可貴者何在也。）

帝京景物略

明劉侗著

余甚喜讀劉同人《帝京景物略》，亦若余之喜讀張宗子文也。朱竹垞《日下舊聞》雜輯他書以成之，不若《景物略》之輕茜窈渺，體物入微。前在北平，曾得《景物略》一部，以其價昂，復退還某肆。然實念念不忘此書。劫中，於中國書店見南海康氏散出書中有此書一部；惜為平賈某所奪去，未能收得，悵惘無已。頃過樹仁書店見其架上有此書，亟取下。然其價竟較康氏藏本倍昂，而與平肆前時所索者略等。以不欲再失去，乃挾之而歸。燈下披讀，如見故人。不厭數回讀之書，斯其一已。故都淪陷，未知何日得重遊，在在皆足觸動悲楚之感。東京夢華、武林舊事，低徊愴惻，倍增忉怛。然中興非夢，恢復可待，他日挾書北海，朗聲長吟，為樂殆無量也！

太平三書

清張萬選編注　十二卷一冊　順治間刊本

余得蕭尺木《太平山水詩圖》後，友人某君致函云：有《太平三書》並《太平山水詩圖》求售，欲得之否？余不自意，此絕難得之書，乃竟先後有二本出現，且均能歸余，殊喜躍不禁！遂毅然復收之。書來，《太平山水詩圖》一卷，乃後印模糊者。唯《太平三書》佳甚，極初印，恰可與余前所得者配合成一完書。「四庫」所收，有《太平三書》而無《詩圖》。蓋當時館臣亦未見《詩圖》也。北平圖書館所藏之一本，亦闕《詩圖》。疑當時《詩圖》本別行，故傳本往往有書而無圖。然《詩圖》本為書之第一卷，不知何以獨闕之。唯書亦不多見。得之，亦甚自喜也。

瑞世良英

明金忠輯　五卷五冊　崇禎間刊本

余酷愛版畫，尤喜明人所鐫者，故每見必收得，一若余之蒐購劇曲、小說諸書者然。坊賈知余喜此類書，每收得，必售之余。然每每亦故昂其值。寓平時，余之天和廠宅中，幾無日不有三五書賈之足跡。有劉某者，本為九經堂夥友，後出而自立門戶，至余家尤勤。余所得諸精品中，若宋刊《天竺靈籤》等書，皆為彼所持售者。然索價則往往高昂絕倫。余漸疏之。彼嘗持也是園舊藏明刊《天文圖》等書四冊來，索四百金。余以其昂，未之收。再詢之，則已他售。引為永不能忘之一大憾事！後又持殘本《御世仁風》二冊見售。無首尾，並書名亦不存。且每頁均經截割重裱，書品極塵下。唯尚初印，且價亦廉，遂收之。孝慈處有此書全本。故余意：得此殘本亦佳。孝慈本後歸北平圖書館。十餘年來，迄未再遇第三部。余乃益自珍此殘本。自余得此本後數月，劉某復攜《瑞世良英》四冊來。價乃奇昂。余深喜是書，而怒其妄索高價；抑之。分文不讓。乃忿然退還之。後知為孝慈所收。喜其得所，且喜仍可得借讀也。孝慈卒，乃不知此書流落何所。孫實君從蘭泉許得書甚多，此書亦在其中。蓋又從孝慈許轉歸蘭泉，茲復散出也。余如見故人，立收得之，不問價也。不意乃較劉賈所索者尤昂。余念：此次不能再交臂失之矣。遂毅然留下。所費幾盡一月糧。自笑書癖之深乃至於此。劫火彌天，黃流遍地。報國無方，乃復抱殘守闕，聊以自慰，亦可哀矣！

席刻唐詩百家

清席啟寓編　六十冊　康熙間刊本

余數遇席刻《唐百家詩》，皆未之收，蓋以其頗易得，且有掃葉山房石印本也。年來，收唐人集頗多，乃欲得一席本。急切間，未遇一部。屢訪之坊肆，皆無此書。頃至中國書店，見平滬諸賈紛集，若有所待。詢之，云：郭君方自城中得盛氏書數十捆，即可至。余乃亦坐候。書至，中乃有席刻《唐詩》及《唐詩類苑》。遂選得之。余已有《古詩類苑》，故欲並得之《唐詩類苑》也。席氏所刻唐詩，從宋本出者不少，刊印亦精。唯亦若納蘭容若刊之《通志堂經解》，皆經重寫，改易版式，面目全非。大是憾事！蓋其時風尚如是也。今宋刻本唐人集存者屈指可數。絳雲樓所藏宋版《唐詩》三十冊，已蕩為雲煙，不可一睹。若席氏能竟摹宋版，其功當尤偉。獨惜影宋刊本之風，至乾道而始盛。汲古主人亦僅知抄本之應影宋而不知翻刻宋本。蓋翻刻宋本之風，至明代嘉靖後即中絕矣。

唐詩類苑

四十卷　萬曆間刊本

余既得《古詩類苑》，乃思更得《唐詩類苑》。以此類書雖非上品，然搜輯之功，究不可沒，且余方收唐人集，得此，亦甚有用。數月來，遍訪各書肆，竟未能得。石麒近從城中購得盛氏書數十捆，多常見之物。唯中有席刻《唐百家詩》及《唐詩類苑》，余乃並收之；價且奇廉。明人輯書，於一二大家外，往往因陋就簡，徒供舉業詞章之用，而不知學問之道。此書亦其一也。本是「全唐詩」，自應以時代與人為次第，卻瑣瑣分類，不倫不類，不知編者何不憚煩至此也。臧懋循輯之《古唐詩所》，亦有此弊。固遠不如馮唯訥《詩紀》，梅鼎祚《詩乘》、《文紀》，及《唐詩紀》之有裨「詩學」，有關「詩史」也。唯椎輪為大輅之始。明人所輯唐詩，自朱警《唐百家詩》以下，迄未見全帙。胡震亨之《唐詩統籤》，今傳於世者僅戊癸二籤，則我人所見之「全唐詩」，自當以此書之輯為其祖祢焉。明末，錢謙益始有志於輯「全唐詩」，後其稿為季振宜所得，乃踵成之，即為康熙間所刊《全唐詩》之底本也。

瑯嬛文集

明張岱著　四冊　光緒間刊本

張岱之《石匱書》，余幾得而復失之。其《瑯嬛山館筆記》則十餘年來遍訪未得。其《橘中言》，嘗於亡友馬隅卿先生許得一讀，今則淪陷於故鄉，並錄一副本而不可得矣。余於宗子，伺緣之慳也！岱所著，得時時置案頭者，唯《陶庵夢憶》、《西湖夢尋》諸書易見耳。最後，乃獲《瑯嬛文集》四冊。此書非難得者，昔嘗收一不全之鈔本。頃過福煦路書攤，見有此書刻本，亟與論價得之，價奇廉。攜歸，快讀數過，若見故人。岱為明末一大家，身世豪貴，歷劫，乃家資蕩然。然才情益奇肆；一腔悲憤，胥付之字裡行間。《夢憶》一作，蓋尤勝《東京夢華》、《武林舊事》。其勝處即在低徊悲嘆，若不勝情。

十竹齋印存

胡正言篆　四卷四冊　順治丁亥刊本

又《胡氏篆草》　不分卷一冊

平賈孫實君於陶蘭泉許得明版書數十種，正在打包寄平。余匆匆翻閱一過，檢出《方于魯集》、《毛古鷟集》及《十竹齋印存》三書，云：余欲得之，勿寄出。實則，余所欲者不止此；以阮囊羞澀，僅檢最所心喜者購之。實君立交予攜歸。時年關將屆，余所存不足三百金。乃與實君商，先付書價之半數。彼亦允諾。在此三書中，余所最留意者，尤在《十竹齋印存》。此書余在平時，曾於某肆一睹之。以其價昂，未之購。不意乃為蘭泉所得，且終歸於余。余於「印譜」素不留意，前曾遇一《賴古堂印譜》，價奇廉，亦未收。此以其為十竹齋胡氏之作，乃收之。蓋余於十竹齋所刊書，幾於見無不收。收十竹齋版書最多者，國內似當以余為首席焉。（唯最重要之《十竹齋畫譜》，初印本僅有二冊。）攜歸後，細細翻閱《印存》一過，乃復有奇獲。《印存》凡四卷，首有「丁亥」周亮工序及杜濬諸人序。按「丁亥」為順治四年，亮工序僅署「甲子」而不序年號，蓋時猶為遺民，未仕「新朝」也。正言於明末弘光時旅居南京，嘗供奉宮廷。國變後，起居一樓，不屈節。年已逾七望八，以篆刻為生。《印存》四卷中，所刊刻之印章，故多為忠臣烈士及諸遺老。（間亦有後仕「新」朝者，然其時則皆是遺民也。）自錢士升、倪元璐、范景文、楊文驄、馮如京、孫必顯、徐石麒、鐘惺、譚元春、王思任、楊嗣昌以下，凡百餘家。中有「史可法」、「道鄰」二印，尤為可寶。而龔鼎孳、周亮工、杜濬、蕭士瑋諸人印章亦預焉。蓋包羅萬曆末至順治初之諸文士名流，亦以見胡氏生平交遊之廣也。印章皆押於開花紙頁上，其色彩至今猶煥耀鮮明。氣魄甚大，不拘拘於摹擬秦漢印。吳奇跋云：「日從《印存》，奇不欲怪，委曲不欲忸怩，古拙不欲矜飾。是亦余所心折者矣。余嘗謂藏鋒斂鍔，其不可及處全在精神。此漢印之妙也。何必糜蝕殘駁，宛出土中，然後目為秦漢！」此語誠足針今印人之失也！末附《胡氏篆草》一冊，則皆為「出遊五嶽，歸臥一丘」，「紉秋蘭以為佩」，「文章有神交有道」諸「閒章」。

毛古庵先生全集

明毛憲撰　十卷四冊　嘉靖壬戌刊本

《古庵集》十卷，為其子訢所刊，首八卷為文，後二卷為詩，末附《毗陵正學編》。古庵為弘治正德間人，篤志好古，專致本然之良知。「知行並進，著實踐履。」於陽明之說「雖心服其高明，然不敢輕變其學以從焉」，然實深受陽明之影響。此集甚罕覯。原為陶蘭泉氏所藏。余從孫實君許得蘭泉藏之《十竹齋印存》、《瑞世良英》，同時並得此集。首有清末其裔孫鴻達手跋，當是從其家散出者。

皇朝禮器圖式

十八卷十八冊　乾隆間刊本

一書遇合之巧，殆無過於余之收得《皇朝禮器圖式》。初，余在中國書店，見平賈王涥馥打包寄平之書中，有殘本《皇朝禮器圖式》九冊。略加翻閱，見其印本甚佳；衣冠之花紋、毛片，極為細密光致。雖非上乘之版畫，然殊精工可愛。便對店中人云：此書余欲得之，可留下否？數日後，再過之，聞此書終於寄去。余心殊怏怏！但店中忽復收得此書五冊，石麒云：此五冊足配前九冊，係從同一家散出。余即收得之。並囑其作書至平，將前九冊寄回。十日後，書果寄來。唯已三倍其售價。然余竟收得之。此十四冊，裝潢一律，果是一書。細閱之仍缺四冊。私念：此書將終無能配全者矣！頃於傍晚過傳新書店，與紹樵閒談。見某賈正以殘書一包，與紹樵論價。中有殘本《三才圖會》數冊，紹樵指以示余，云：鄭先生正收《三才圖會》，此數冊可售予之。余頷之。復翻閱他書，忽見有《禮器圖式》四冊雜於其中。余立檢出，訝其裝潢與余所得者酷似，即詢其從何處得之。某賈云：與前售予平賈之九冊同出一家。余知其必為所佚之餘冊，立與論價，得之，持歸，與前十四冊合之，果為一書，竟完全無闕。深嘆其巧合！夫時近二月，地隔平、滬，書歸三肆，余乃一一得之，復為之合成全帙，快何如也！書之，不僅見余訪書之勤，亦以見有心訪購，終可求得。費一分力便得一分功。一書之微如此，學問之道亦然。然在劫中散佚不全之書多矣！此書固幸，卻亦為無數散佚之書浩嘆無窮也！

寶古堂重修宣和博古圖錄

存第二十三、二十四卷二冊　萬曆刊本

明代所刊書，往往被後人攘竊，作為己有，而於新安所刊者為尤甚。蓋徽地產良材，所鐫書版，堅致異常，易代而後，每完好如初。版片售去後，得者略易數字，便成「新刊」。知不足齋印之《列女傳》，為最著之一例。黃晟印之《三古圖》，其原版亦是明代泊如齋所刊。然少有人知「泊如齋」三字亦是後來挖改者，最初之印本，乃是寶古堂所鐫。今人知有泊如齋者已稀，更無復知有寶古堂者矣。《郘亭知見書目·考古圖條》下，注云：「丁禹生有《寶古堂重修考古圖》十卷，刊印精絕。」則寶古堂並有《考古圖》矣。但郘亭未悟泊如齋之版片即是寶古堂所遺下者。殆未見其書歟？余於明本版畫書無不收，即對於一頁半幅之殘片亦加意收下。故得獨多，所見亦較廣。昨在中國書店，遇朱賈惠泉，云：新收得殘書數種。余索閱之，中有寶古堂《博古圖錄》二冊，即收之。石麒云：寶古堂本《博古圖》從未前見。余則疑其與泊如齋本為同一版片。唯原為白綿紙初印本，而所見泊如齋本則大抵皆竹紙後印者。此可證泊如齋本為攘竊之寶古堂者。攜歸後，取泊如齋本細校一過，果如余所料。

玩虎軒本養正圖解

明焦竑撰　殘存一冊　黃鏻刊
又清初印本二卷二冊

明新安汪光華玩虎軒鐫行戲曲書不少，亦萬曆季年一重要之書肆也。余嘗得其所鐫《琵琶記》，又從汪樹仁處，得其所鐫《紅拂記》半部。月前樹仁又送來玩虎軒本《養正圖解》殘本一冊（殘存祝世祿序及卷上八頁），余不以其「殘」而斥去，仍收之。然今乃得其用。至友某君為余在平得白綿紙印《養正圖解》二冊，價近百金，殊昂。此本有康熙己酉曹鈖重刊序，標題亦署作《重刊養正圖解》。然細察其圖式與字型，真是明代刊本，圖式絕精工，萬非康熙時人所能及，余疑莫能決。頃因檢理所藏版畫書，乃取此本與玩虎軒殘本一對讀，竟是一本。不過曹氏本刷印在後，圖中細緻之線條已有模糊併合之跡。蓋玩虎軒本版片在清初為曹氏所購得。曹氏乃攘為己有，云是「重刊」，欲以湮其攘奪之實。若余不收得玩虎軒本，幾無不為其所愚者。可見複本殘帙，殆無不有可資考證之處也。祝世祿序云：「鐫手為『黃奇』。」、「黃奇」二字，玩虎軒本原作「黃鏻」。則玩虎軒本之插圖，其刊刻實出黃鏻手。博聞多見，誠為學之要著哉！

✦ 藿田集

范駒著　十三卷　附《岳班集》　范日覲著

清人集多不勝收。余所取者僅千之一，而皆為案頭所需者。間亦取「詞」人諸集。而於集後附「曲」者，則每見必收之。蓋余嘗輯《清人雜劇》，並欲編清人散曲為一書也。因之，亦得「僻」集不少，《藿田集》其一也。范駒為東皋人，集中以「賦」為多，「詩」、「文」不及三卷，其第十三卷則是「曲」；散曲十餘套以題「照」者為多，仍是清人習氣；末附「戲曲」〈送窮〉一篇，則為《清人雜劇》之資料也。「這窮鬼非但算個吉神，亦可當個益友。不須為逐貧之揚子雲，轉該做留窮之段成式矣。」駒蓋為窮不得志之士，有激而言者。《岳班集》為其子日覲所著，首為「詩」，後為「曲」為「詞」，「曲」僅二套。此書刊於道光間，為駒婿張金誥所輯。中經太平天國之亂，版片必已毀失，故傳本甚罕見。

子華子

程本著　明金之俊評閱　十卷二冊
川南雷鳴時刊

《子華子》，偽書也，首有劉向序，亦偽作。然明單刊本則不多見。此書明代川中刻本，版片至清猶在，故附有康熙甲寅吳琯跋，及雍正五年李徽序。金之俊所評，純是明人習氣，無足觀。余於中國書店書堆中見之，以其罕覯，乃收之。

雲林石譜

宋杜綰著　三卷一冊　明新安程輿刊本

《雲林石譜》一書，於「叢書」本外，所見皆傳鈔本。頃乃於中國書店得一萬曆程輿單刊本，為之狂喜。蓋今日所見之刊本，殆未有早於此本者。而此本迄亦未有人知之。首有高出序。出序云：「漢唐以來，所謂石，猶是碑版文字耳。無好真石者。好真石，起於近代。如米海岳翁，以奇癖著稱。後人頗多仿。則物色辨識，核於賈胡，進退取捨，嚴於律令，又增一家賞鑑。好事至湧直千萬，削贗欺者矣。」蓋「石」之賞鑑，起於宋，盛於元，至明而大熾，乃成畫家一派。倪雲林拳石小景，於尺幅寄江山萬里之思，尤為偉觀。明清人「石譜」不少概見，而皆託始於此書。綰字季陽，號雲林居士，山陰人。所收自「靈璧石」至「石棋子」，凡九十三品，每品說明甚詳，獨惜未有「圖」耳。

唐詩戊籤

明胡震亨輯　二十冊　明末刊本

《唐詩紀》僅輯成「初」、「盛」二紀而未及「中」、「晚」。胡震亨之《唐詩統籤》則網羅全代，弘富無比。惜《統籤》迄未見有全書。故宮博物院曾藏有一全部，殆是海內孤本。不知今尚無恙否？坊間所流行者唯《戊籤》與《癸籤》耳，《癸籤》輯「詩話」，《戊籤》則足以補《唐詩紀》之未備，皆為研討唐詩者所不能不置於案頭者。余去歲訪得《戊籤》一部，尚是明代初印者。惜闕佚數十頁。配全想亦不難。

唐詩紀

明吳琯編　一百七十卷　萬曆間刊本

余力不能得宋元本唐人集。「書棚」本、「蜀」刊本之小集與李杜元白諸集，價等經史，雖間有遇者，亦無能致之。僅於去歲，以廉值得元刊之韓柳二集。韓集且闕一冊。不得已而求其次，唯求多得明刊本各集耳。余求《古詩紀》至數載，近始獲一殘本，一竹紙後印全本。求《唐詩紀》亦至數載，近乃得一萬曆吳氏刊本。《唐詩紀》編纂謹嚴，與《唐詩類苑》之分類雜糅者不同。嘗於季振宜輯《全唐詩》底本中，見一嘉靖刊本《唐詩紀》，分上下二欄，上欄甚狹窄，載校勘及音釋，下欄為本文。今萬曆本，則校勘及音釋均雜入本文中矣。《唐詩紀》僅成「初」、「盛」二代，「中」、「晚」惜未著手。然搜輯之勤，已足沾溉後人。余得此書於葉銘三許，初僅得半部，後乃配全。寒士之得書，誠不易也！

唐詩紀事

八十一卷二十四冊　明嘉靖間張氏刊本

《唐詩紀事》八十一卷，宋計有功撰：因詩存人，因人存詩，甚有功於「詩」與「史」。論述唐代之詩史者，自當以此書為不祧之祖。余初僅得醫學書局石印本，後又得商務影印洪楩刊本。唯商務本闕洪氏序，余嘗借群碧樓藏本補全。尚有嘉靖間張氏刊之一本則迄未收得。平賈王某頃寄來吉籍數十種，中有張刊本《唐詩紀事》，價頗廉，尚為余力所能及，乃收得之。嘗見錢謙益輯《全唐詩》（後由季振宜補全），凡一百十餘巨冊，皆剪裁明人所刊諸唐人集黏貼而成者；其詩人傳記一部分，則於新舊《唐書》外，以取諸《紀事》者為最多。可見此書之重要。元辛文房《唐才子傳》所收不過百許傳，而《紀事》所收者則凡一千一百五十家。余久有志於重輯唐詩，故甚欲得《紀事》諸本，校勘一過，作為「定本」，以資引用。張刊本之收得，自是得意。「校勘」之工，雖若奢靡，實則為基本功夫之一也。

唐音癸籤

三十六卷十六冊　明末刊本

胡震亨既輯《唐音統籤》，復蒐集關於唐詩之評論成《癸籤》一書。其用力之劬，不下於計有功之《唐詩紀事》，尤袞之《全唐詩話》，而於明人詩話，所收尚多；盡有今日不易得見之本。余既得《唐音戊籤》，復訪《癸籤》，久未得。後乃見一本於某肆，索價奇昂，棄之不顧。平賈孫實君頃持書單一紙，中有此書，余乃亟收得之。余欲重輯唐一代詩，立願已久，思先集諸家評論為一集，此書亦一重要之取資淵藪也。故宮博物院所藏之《統籤》一部，今未知已救出否？如能付之重印，則此奇籍將藉為重輯之底本。不知此願何日得遂。清人刊《全唐詩》，其詩人傳僅寥寥數語，不足為知人論世之助。季輯《全唐詩》底本，雖傳語較詳，然亦不甚完備。故重輯之功，仍當以此《癸籤》為主而再加以展拓者也。

燕京歲時記

長白富察敦崇撰　不分卷一冊
光緒丙午刊本

清遠道人嘗致書其友，痛詆北平之風土，以為不適南人，俗諺亦有「無風三尺土，有雨一街泥」之說。然湯氏久為南都閒曹，或有所激而云然。而自民國建立以後，北平市政亦已大易舊觀，若干重要之大道皆整潔平直，不讓其他大都市。而北平之「美」乃畢見。嘗於春日立天安門之石橋上，南望正陽門以內，繁花怒放，紅紫繽紛，自迎春之一片嬌黃，至刺梅之碎雪飄零，幾無日不在鬧花中過活。每獨自徘徊於花影之下，不忍離去。而中山公園牡丹、芍藥相繼大開時，茶市尤盛，古柏蒼翠，柳絮撲面，雖雜於稠人中，猶在深窈之山林也。清茗一盂，靜對盆大之花朵，雪樣之柳絮，滿空飛舞，地上滾滾，皆成球狀。不時有大片之白絮，搶飛入鼻，呼吸幾為之塞。夏日則盪舟北海，荷香拂面，時見白鷺拳一足獨立於木樁上。遠望塔影橫空，釣者持長桿靜坐水隅，亦每忘其身在鬧市中。至秋則菊市大盛。西山之紅葉，似伸長臂邀人。鮮紅之柿，點綴枝頭，若元宵燈火。冬則冰嬉風行，三海平滑如鏡，甚羨少年兒女輩之飛馳冰上，縱橫轉折，無不如意。白雪堆積街旁，至春乃融。冰花凝結窗上，尤饒興趣，而臘鼓聲催，家家忙於市年貨。古風未泯，舊俗依然。而四時廟會不絕，別具風趣。廢歷元旦至燈夕之廠甸，尤為百貨所集；書市亦喧鬧異常，攤頭零本，每有久覓不得之書，以奇廉之值得之。余嘗獲一舊鈔本《南北詞廣韻選》，即在廠甸中某攤頭議價成交者。夏日之十刹海，亦為一大市集。嘗聽雨樓頭，陣雨掃過荷葉上，聲若瀑泉迸出，清韻至佳，至今未忘。總之，四時之中，殆無日不有可資流連之會集，無時不有令人難忘之風光。今去平六載矣！每一思及，猶戀戀於懷。獨恨當時人事倥偬，未能遍歷平市繁華耳。何時復得遨遊於此古都乎？讀此《燕京歲時記》，種種景象，皆宛在目前。然而遠矣！唯有在夢中重溫一過耳。被迫去平者多矣，遠適川滇者尤多。殆皆與余有同感。痛飲黃龍之日，當是我輩重聚古柏下，芍藥旁，談天說地之時也。

今吾集、筆雲集

錢曾撰　各一卷一冊　舊鈔本

余夜睡甚早。於微酣後，尤具「吾醉欲眠君且去」之概，不問客為何人也。蓋疏懶成性，早眠早起慣矣。昨夜，乃乾來，挾以與俱者為錢遵王《今吾》、《筆雲》二集。余一見狂喜。興奮異常，竟談至深夜。此二為舊抄本，亦間有後來補鈔之跡，中有牧齋字者必加塗乙或挖去。但不知何人，又以硃筆補入。可見此鈔本必在牧齋文字被厲禁之前。原詩更有塗改處，字跡蒼老，極類遵王手筆。則原本殆是遵王之稿本歟？詢價頗廉，遂收之。細細翻讀，殊為得意。遵王詩文極罕見。於《讀書敏求記》及《述古堂》、《也是園》二書目外，幾無他作可得。牧齋《吾炙集》以遵王之作為壓卷，然《吾炙集》向亦僅有抄本傳世，且所選畢竟寥寥。今一日而並得此二集，得詩近二百首，不可謂非幸事！遵王為牧齋姪孫，絳雲災後，牧齋所蓄，幾盡歸之遵王。後來，遵王又悉售之季滄葦。其《讀書敏求記》及《述古》、《也是》二目所載，多絳雲舊物；滄葦之目又多是遵王舊物。淵源有自，授受之跡犁然可見。古代文獻，歷劫僅存，其保存維護之功，殊不可沒。然牧齋歿後，有柳如是身殉之變，遵王受謗最甚，幾不為鄉人所齒。其詩文之不傳，或以此故歟？遵王之詩，以〈述懷詩四十韻呈東澗先生〉為最傳誦一時。「感極翻垂涕，銜悲只自知。顓愚象品藻，侗直荷恩私。」感恩之深，溢於言表。「謗傷殊可畏，欲殺又何辭。俗子添蛇足，狠奴竊虎皮。」是在牧齋生前，已騰謗一時。牧齋答以：「牛角從他食，雞窠且自全。」、「敢謂斯文付，私於老我便。」解之，亦以勉之也。《遵王集》凡八，已刊者有三集，未刊者有五集。然已刊之本，今亦絕不易得。諸家書目皆無之。余今得此二集，傳佈之責，當肩之不疑。

批點考工記

元吳澄考注　明周夢暘批評
二卷二冊　萬曆刊本

明人批點文章之習氣，自八股文之墨卷始，漸及於古文，及於《史》、《漢》，最後，乃遍及經子諸古作。《批點考工記》亦此類書之一也。余於中國書店書堆中得之，頗罕見。首有萬曆丁亥十一月郭正域序。周氏批語，列於上欄。吳澄考注，則列於每節正文後，皆加以「吳氏曰」三字，體例尚謹嚴。所評多腐語，點亦無聊。正文間之附評，所謂「句法」、「字法」等，則直以此古代文獻作為「八股文章」應用矣。

閔刻批點考工記

二篇一冊　明末閔氏朱墨刊本

明末湖州有凌閔二氏，刊書均甚多，且均是以朱墨二色或三色四色套印者，世號曰「閔刻」，而凌氏之名竟被湮沒焉。大抵閔氏所刊以經史子集等讀本為主，而凌氏則多刊小說、戲曲。近來收「閔刻」書，成為一時風氣，北方有陶蘭泉氏，南方有周越然氏，皆收集閔刻書近百種。陶氏書後售予某軍人；越然書則大都燼於「一二八」之役。今此類朱墨本，坊間亦不多見，見亦必索高價。然閔刻讀本，雖紙墨精良，實非上品。每每任意刪節舊注，未可稱為善本。余既得周夢暘《批點考工記》，復於某肆架上，取得閔刻本《批點考工記》一冊，以其索價不昂，收之。頃燈下校讀二本，於閔刻本之不盡不實處竟大為驚詫，閔本首亦為郭正域序，但刪去序末「吾楚周啟明氏為郎水部，品藻記文而受之梓。夫所謂在官而言官者乎？郎以文章名。所品藻語，引繩墨，成方圓，進乎披矣。有所著《水部考》行於世。則冬官之政舉矣。請校《周禮》，吾從周」等四十五字。復易「卷」為「篇」，並不標出吳澄及周夢暘之名，於「考注」、

「批評」及「音義」均任意刪改變動。若余不先收得周氏刊本，直不知「批點」出於周氏手而「考注」之為吳澄著也。閔刻書之不可靠，往往如是。世人何當以耳代目乎？

焦氏澹園集

明焦竑撰　存四十一卷十二冊　萬曆間刊本

焦竑《澹園集》列清代禁書目中，故極不易得。余久訪未得全本，乃收此殘本。竑門人許吳儒題云：「澹園先生所著，多不自惜。頃直指黃雲蛟公欲刊布之，乃稍稍檢括，裁什二三耳。……先是，有《焦氏類林》八卷，《老莊翼》十一卷，《陰符解》一卷，《焦氏筆乘》六卷，《續筆談》八卷，《養正圖解》二卷，《經籍志》六卷，《京學志》八卷，《遜國忠節錄》四卷，業行於時。《東宮講義》六卷，《獻徵錄》一百二十卷，《詞林歷官表》三卷，《詞林嘉話》六卷，《明世說》八卷，《筆乘別集》六卷，尚藏於家。余刊行文字書籍，託名者眾，識者自能辨之。」後《獻徵錄》亦已刊行，然亦甚罕見。按目卷四十二至卷五十九為詩詞及《崇古堂答問》、《古城答問》、《明德堂答問》。此本共佚八卷，幸「文」均全，仍甚有用。

新鍥諸家前後場元部肄業精訣

明李叔元輯　四卷

萬曆甲辰建邑書林存德堂陳耀吾刊本

此為習舉業者應用之陋書也。當時此類書必多，然今則已甚罕遇矣。分元、亨、利、貞四部：元、亨二部皆述八股文作法；利部為「分類摘題偶聯」，並附諸家論作八股文法。貞部則為「作論要訣」及「詔誥表統論」，作「判」、「策」要訣，而以「王鳳洲先生詩教」為結束。論述八股文及「表」、「策」、「試帖詩」之作，本不多，此猶是明人所集，故雖陋書，亦收之。

三儂嘯旨

清嘉定汪價著　五冊　康熙己未刊本

《三儂嘯旨全集》凡二十六冊，已刻者僅此五冊，自第六冊《登高小牘》以下均未刊。尚有外集《中州雜俎》三十五冊，《儂雅》四冊，《增定陽關圖譜》二冊，《人林題目》八冊，《蟹春秋》一冊，《俗語三絕倒》三冊，《妙喜老人璅記》四冊亦均未刻。此未刻諸冊，今當均已佚去，不可得睹矣。此五冊為：（一）《七十狂談》，自〈三儂贅人自序〉以下雜收詩、詞及文數十篇。（二）《天外天寓言》，自〈郭將軍傳〉以下，凡錄文二十一篇，詩詞二十七首，「文多假藉，語雜詼諧」。（三）《書帶草堂弄筆》，錄〈廣自序〉一文。（四）《上元甲子百八吟》。（五）《半舫詞》。價字介人，蓋老不得志者，故多牢愁語，明末人積習至此尚滌除未淨。價嘗被聘總纂《江南通志》，為其生平最得意事。故於〈自序〉中瑣瑣言之。「一生落拓，不諳家計。操家秉者，早年有父，中年有妻，晚年有子。介人晏然衣食而已。」其一生，殆一典型之有產士大夫生活也。衣食無憂，唯未衣紫腰金。以此缺憾，乃發為牢愁之言。

劉隨州集

劉之駟校宋本　五卷一冊

余與公魯有一面緣。公魯辮髮尚垂於腦後，世目為「遺少」。家富藏書，然聚學軒所藏，亦漸散出易米。前歲，蘇州遇大劫，公魯竟以身殉城，余甚傷之！公魯殉難後不久，所藏乃全部為平賈輩所得，多半輦之北去。余無意中於來青閣得公魯校之《劉隨州集》一冊，亟收之，以志永念！底本係《全唐詩》，首有公魯四跋。封頁題云：「以北宋活字本略校一過，公魯記。」跋云：「此《劉隨州詩集》，序云：集十卷，內詩九卷。今編詩五卷。而北宋膠泥活字本則詩十卷，而詩反較此為少。今據宋本校勘。凡宋本有者，皆以硃筆圈出，並記異同於眉。但以債所迫，將鬻宋本於人。而購者急於星火。匆匆一校，未能詳也。可嘆！可嘆！戊辰六月十七日公魯記。」此宋本今不知流落何方。公魯云：「宋本每半頁九行，行十七字。」疑仍是明初活字本，非宋本也。其行款與明初活字本諸唐人集正同。

梅岩胡先生文集

宋胡次焱撰　十卷二冊　正德間刊本

宋明人集佚者多矣！余前於漢文淵得成化本明湯胤勣《東谷遺稿》二冊，甚自喜。茲復於中國書店以廉值得正德本《梅岩胡先生文集》十卷二冊，尤為得意。此是罕見宋人文集之一也。諸家書目皆無之。卷一至八均為文，僅卷六有詩數篇。卷九為諸家次韻之作，及洪杏庭〈梅岩胡先生傳〉，卷十為曹弘齋（名涇）致梅岩書四通；尚有第五通以下，因末數頁已闕，不可得見，且未知究竟有若干通。「文集」末附友輩贈詩與文者，頗罕見；楊冠卿《客庭類稿》末亦附有時人書啟及贈詩，殆宋人之風氣如是也。次焱字濟鼎，號余學，又號梅岩，婺源人，登咸淳四年進士第，授迪功郎湖口縣主簿，改授貴池縣尉。德祐乙亥，微服歸鄉。以《易》教授鄉里，後學來集者常百許人。金華胡長孺跋其詩曰：「宋疆於淮，重兵在山陽、盱眙、合肥，池岸江域，惡渠隘淺，荷戈不滿千人。兵未及境，都統制張林，潛已納款降附。與異意，輒收殺之。當是時，濟鼎為附城縣尉貴池，羸尪弓手數十百人，勢不得獨嬰城。家寒親耄，無壯子弟供養。

隙張出迎，託公事，過東流縣，作塚於道周，書木為表識曰：貴池尉死葬此下。用杜張猜疑，令不相尋跡。」是梅岩乃宋遺民也。高尚其志，不屈身於強者。此集誠宜刊布表彰之。

花鏡雋聲

明馬嘉松選定　存九卷二冊　明刊本

余前得馬曼生《花鏡雋聲》八卷於北平，自漢魏詩至歷朝詞均全，自以為係全書矣。頃復於中國書店得殘本二冊，第一冊為卷一至卷四，卷五以下缺。第二冊復為卷一至卷六（中闕卷五），卻係明詩，為余本所無。乃復收之。卷六以下仍闕佚。相隔數年，得之兩地，仍未能配全，一書之不易得有如是乎！誠非紈袴子弟、富商大賈輩之封書於架上，徒以飾壁壯觀者所能知其艱苦也。明人喜刻宮閨詩。然多為選本，每不足重。周履靖嘗刻《十六名姬詩》，最為美備。此亦一選本也，不殊於他選，唯選明詩特多，每有本集已佚者。得之，亦足資論明代詩者之考鏡。按《北平圖書館善本書目》（卷四）載：《花鏡雋聲》十六卷。則此本明代部分亦是八卷，佚去者為第七及第八卷。

牧牛圖頌

釋祩宏輯　不分卷一冊　萬曆己酉刊本

萬曆刊本《牧牛圖頌》，余未之前見。康熙翻刻本，世已稀有。今所傳本，皆是乾隆間所刻者。陶蘭泉氏石印本亦是從乾隆本出。余嘗得一乾隆本於北平。頃濟川自杭回，得此萬曆本，即送至余所。彼甚得意，余亦甚喜。雖索價甚昂，竟收之。圖凡十：未牧，初調，受制，回首，馴伏，無礙，任運，相忘，獨照，雙泯。圖之下方各附普明禪師頌一篇。末另附十頌，自尋牛至入塵，唯無圖。寫刊俱精，雖寥寥十許頁，而意境無窮。此種單行薄帙，最易散佚。得者能不寶之乎？作者深隱禪機，所謂「牧牛」，蓋象徵「學道」之歷程也。「人牛不見杳無蹤，明月光寒萬象空。若問其中端的意，野花芳草自叢叢。」意不難知。

聖諭像解

梁延年輯　二十卷十冊　康熙二十年承宣堂刊本

此書有道光間廣東翻刊本，刊者為葉名琛父志詵，其精工處幾可亂真。然細較之，則原刊本之精美仍自見。坊賈於此類書素卑視之，不索高價。近以版畫書頗有羅致之者，乃亦竟有以葉刊本去序偽作原刊者。余數遇之，皆未收。曾見一原刊本於北平，又見一本於中國書店，均未之購。去歲，以印行《版畫史》，乃欲得一本。急切間各肆皆無有。漢文淵有一本，為平賈所得。聞是開花紙初印者。價不過三十金。急追跡之，則已輦載北去。姑購一葉刊本歸，孫實君聞予欲得是書，乃自平寄一本來，竟索價至一百金以上，遂退還之。濟川自杭返，攜有此書及《牧牛圖頌》；同時並得之，所費亦僅三十餘金。按《聖諭》凡十六條，自「敦孝弟以重人倫」至「聯保甲以弭盜賊，解仇忿以重身命」，凡一百十二字，梁氏乃衍為二十卷，仿《養正圖解》及《人鏡陽秋》為之圖說。異族帝王，防閒反抗，無微不至。此《聖諭》十六條亦「防閒」之一術也。「像解」是為虎添翼，助紂為虐之作。殊惡之，姑取其圖耳。

✦ 洹詞

明崔銑著　十二卷十二冊　嘉靖間刊本

《洹詞》為明人集中最易得者之一。此本刷印甚後，頗不佳。得於福州路某書攤。以其價奇廉，故收之。有「知不足齋」及「汀夏徐氏」、「徐恕」諸藏印，蓋從徐行可許散出者。崔銑力排王守仁之學，為嘉靖間一大政治家。此集編年排比，分為《館集》、《退集》、《雍集》、《休集》及《三仕集》，頗可考見時事得失。

灩澦囊

李馥榮編輯　五卷六冊　道光間歐陽鼎刊本
末附《歐陽氏遺書》一卷

通行本《灩澦囊》皆不附《歐陽氏遺書》。此道光刊附《遺書》本，不多見。余頗欲多收明末史料書，乃於文匯書局得此本，同時並得《史外》一部。敘蜀中張獻忠事者有《蜀碧》。但未必是信史。受難者肝腦塗地，粉身碎骨，讀之，無殊入屠獸場，令人戚然寡歡。《灩澦囊》所敘始崇禎六年，迄康熙二年。劉承莆序云：「曾見二三父老，聚飲一堂，述其亂離之況，聞者莫不心膽墮地。或老而劓刵者，曾遭搖黃劫者也；或老而缺左右手者，曾遭張獻忠劫者也。」嗚呼，亦慘矣！《歐陽氏遺書》為歐陽鼎之高祖歐陽直所著；直事見《灩澦囊》，身死明季之難。未死前，曾將身所經歷，撰《紀亂》一書，即此《遺書》是也。目睹身經者之所述，自較「採輯」者為更動人。內憂外患，幾無代無之，而於明季為最烈。論述國史者，於農民起義時之背景與心理，必應有極確切之分析也。

農桑輯要

明胡文煥校補　七卷　萬曆壬辰刊本

農、桑一類書，與《本草》諸書同，均甚有實用。唯諸家書目所載，均以農桑之作為最鮮。宋鄧御夫隱居不仕，作《農曆》二百卷，較《齊民要術》為詳。其書不傳。元王禎作《農書》，乃今所見「農桑」書中，於《農政全書》外之最詳各者。元刊本今並一頁未見。明嘉靖時有刻本。四庫館臣未見此刻本，卻從《永樂大典》中輯出之。此《農桑輯要》七卷為元世祖時司農司所撰，頒之於民。今刻本亦極罕見。余於傳新書店得此胡文煥刊本，亟收之。自「農功起本」、「蠶事起本」至「孳畜」、「禽魚」、「歲用雜用」，凡種殖之事無不畢備。惜胡氏不翻刻原本，而僅以《農桑通訣》（即王禎《農書》）諸書為之「校補潤色」，未免減色耳。明人刻書之不可靠，於斯可見。

何大復集

明何景明著　三十八卷十二冊　嘉靖間刊本

《大復集》亦明人集中之易得者。余頃於來青閣見一部，以其廉，收之。此本曾經火厄，每頁均缺其右角，唯已抄補完全。景明與李夢陽同為「前七子」之柱石。夢陽之作，贗鼎也，景明則有自得之趣。薛君采云：「俊逸終憐何大復，粗豪不解李空同。」殆是定評。

月壺題畫詩

上海瞿應紹著　不分卷一冊　道光間刊本

應紹字子治，天才清逸，擅能三絕。所作詩，芊綿溫麗，出入玉溪、飛卿之間；而其題畫諸作，尤清新可喜，「詩中有畫」。陶蘭泉嘗以此本付之石印。余頃於中國書店得此原刊本，甚是得意。余喜王、孟之作；於明詩中，則喜石田、六如，皆以其詩中有畫也。朱氏《明詩綜》多竊牧齋《列朝詩集》，不足道，而其多收六如題畫詩（多本集佚去者），則深為余所愛好。子治詩，若「紅林碧草寫霜天，隔岸斜陽客喚船。最喜秋光似春色，白蘋花外一溪煙」，若「墨痕淡極如含霧，竹粉香時欲染衣。記取春三遊屐處，一山寒綠雨霏微」，若「冷雲吹樹樹當門，恐是江南黃葉村。落日在林風在水，滿山空翠濕煙痕」諸絕，皆雋妙。

惠山聽松庵竹壚圖詠

清吳鉞輯　四集一冊　乾隆壬午刊本

友人某君為余得此本於平，附圖四幅，極精良可喜。乾隆二次南巡，皆經惠山，曾題此卷。諸畫為秦文錦所臨，書簡者則為吳心榮，均佳妙。第一圖為九龍山人王紱製，第二圖為履齋寫，第三圖為吳珵寫，第四圖則為張宗蒼所補繪。元明人真跡，傳世者罕矣！得此摹本閱之，亦慰心意。鄒炳泰《午風堂叢談》（卷五）云：「乾隆己亥，是卷為邑令邱漣取入官廨，不戒於火。名山巨跡，了無一存。大吏奏入。皇上於幾暇親灑天筆，為作第一圖，覆命皇六子補第二圖，貝子弘旿補第三圖，侍郎董誥補第四圖，御製詩章冠於卷首。於每卷圖後，補錄明人序疏詩什，依其原次，以還舊觀。」按此本刊於乾隆壬午（二十七年），至己亥（四十四年）而原卷燼於火。存此摹刻之本傳世，猶依稀可見古作之面目，幸矣！

✦春燈謎

明阮大鋮撰　二卷四冊

阮氏之《燕子》、《春燈》，余於暖紅室及董氏所刊者外，嘗得明末附圖本數種，均甚佳，唯惜皆後印者。陳濟川以原刻初印本《春燈謎》一函見售。卷上下各附圖六幅，繪刊之工均精絕。余久不購書，見之，不禁食指為動，乃毅然收之。董綬經刊《阮氏四種曲》時，其底本亦是原刻者。原書經董氏刻成後，即還之文友堂；後為吳瞿安先生所得。瞿安先生嘗告余云：董本謬誤擅改處極多，他日必發其覆。今瞿安先生往矣，此事竟不能實現！原本仍在川滇間，他日當必能有人繼其遺志者。余今得此本，如有力時，當先從事於《春燈》一劇之「發覆」也。憶瞿安先生藏本，插圖均奪去。獨此本插圖完整無闕，尤足珍也。余去歲售曲數十種於守和，「曲藏」為之半空。今乃復動收「曲」之興，殊自詫收書之志，雖歷經挫折而仍未稍衰也！守和云：君年力正富，不患不能償所「失」。余深感其言。自信：若假以歲月，余之「曲藏」，誠不患其不復能充實豐盛也。

十竹齋箋譜初集

胡曰從編　四卷四冊　崇禎十七年刊本

余收集版畫書二十年，於夢寐中所不能忘者唯彩色本程君房《墨苑》，胡曰從《十竹齋箋譜》及初印本《十竹齋畫譜》等三偉著耳。去歲暑中，因某君介，從陶蘭泉氏許，得彩色本《墨苑》，詫為難得之奇遇！十載相思，一旦如願以酬，喜慰之至，至於數夕不能安寢。《十竹齋畫譜》坊肆翻刻本甚多，均粗鄙不堪入目。初印本幾絕跡人間。北平圖書館前曾得初印本數冊，余極健羨之。孝慈生前，亦嘗從琉璃廠文昌館中某肆，得開花紙初印本三冊。余出全力與之競，竟不能奪之。後乃以十年前在杭肆所得《汪氏列女傳》初印本二冊與孝慈易得《竹譜》一冊。又從劉貫處得白綿紙（明末之最初印本也）印《石譜》二十餘頁。乃亦自詫幸運不淺！至《十竹齋箋譜》則僅獲於某君處一睹之。亦孝慈物也。矜貴之至，不輕示人。然余終能設法借得，付之榮寶齋翻刻。刻至第二卷，孝慈卒；復與其嗣君達文、達武商，欲繼續刊刻。唯孝慈家事極窘迫，不能不盡去所藏以謀葬事。《箋譜》遂歸之北平圖書館。余知孝慈書出售事，嘗致北平諸友，欲得其《籤譜》，但余時亦在奇窮之鄉，雖日欲之，而實則一錢莫名，並借貸之途亦絕。即達文願見售，實亦無力得之也。幸此本終歸公庫，並承守和慨允續借，刊刻之工得不至中斷。蘭泉原亦藏有《籤譜》一部，惜已於十年前付之某氏，並他書數十種售於日本文求堂。田中君出書目時，《籤譜》竟在「目」中，且標價僅五百元。余乃作函田中，欲得之。十日後，得覆函，乃云：已售去。實則，彼已自藏，不欲售出也。余嘆息不已，深憾無緣。後晤蘭泉於天津，尚再四致嘆於此書之外流不已！已聞上海狄氏處亦藏有一部。然不可得見。二月前，徐紹樵來告云：淮城一帶有《籤譜》一部可得。余聞之狂喜！力促其設法購致。然久久未有消息。每過傳新，幾無不問及此書。紹樵云：必可得。得則必歸之余，無他售理。後微聞他賈云：此書不全，僅存半部，且為黃紙印者。余私念：即得半部乃至十數頁亦佳。然久未見其送來。日夜忐忑不寧，唯恐其不能得，或得之而已為有力者負之而趨。生平患得患失之心，殆無有逾於此時者。余久不購書，然於此書，自念必出全力以得之。蓋余於此書過於著意，將得而復失之者數矣。此次如再失之，將無再逢之期！微聞他書已運到，然《籤譜》則仍無音耗。幾日至傳新，丁寧追詢。紹樵云：尚未到。到則必為余留下。聞之，心稍慰。昨日微雨綿綿，直類暮春，艱於外出。紹樵突抱書二束至。匆匆翻閱，《籤譜》乃在其中。紹樵果信人也，竟為余得之！且四冊俱全，各冊之篇頁亦多未佚去（唯佚去第二冊之「如蘭」十幅），足補孝慈藏本之闕頁不少。並彩印本《花史》一冊，顧曲齋刊《元曲》二冊，索六百金，價亦不為昂。余乃欣然竭阮囊得之。時距余得彩印本《墨苑》恰為一歲餘也。生平書運之佳，殆無逾於此二年者。雖困於危城劫火之中，亦不禁為一展顏也。而於紹樵則至感之！此本《籤譜》為黃綿紙印。憶孝慈本亦是黃綿紙者，恐人間未必有白綿紙本耳。一燈如豆，萬籟俱寂，深夜披卷，快慰無極！復逐頁持以與余翻刻本對讀，於翻刻本之摹擬入神處，亦復自感此番翻刻之功不為浪擲也。

彩印本花史

明佚名輯　殘存二卷一册

徐紹樵知余喜收版畫書，有所得，必售於余。然數年以來，竟無一佳品。此次既為得《十竹籤譜》四册，復儷以《花史》一册，亦彩色本。此册未知為誰氏所輯，且復是後印者，彩色模糊，欠鮮妍明快。然典型猶在，可推見初印本之必神彩煥發。雖名《花史》，實「花卉譜」也。殘存「秋」花譜二十頁（第六十一頁至八十頁），「冬」花譜二十二頁；每頁先列彩色印之「花卉」圖，後附簡略之說明及種植法。意必分為「春」、「夏」、「秋」、「冬」四卷。每卷後，並附古今人詩若干首。然作者多謬誤，「冬集」之首，冠以「南國有嘉樹」一詩，乃署曰：「唐梅聖俞」，可見明人考證之疏陋。然余仍深喜此書。雖殘，亦收之。不僅以其罕見，且亦為余版畫書庫中增一光輝也。紹樵云：憶昔年曾以此書一册，售之周越然氏，不知能補配得全否。他日當持此册與越然所藏者一印證之。

稗海大觀

商濬《稗海》為甚易得之書。其版片殆至清代猶存，故刷印甚多，流傳頗廣。唯初印本卻極難得。余嘗於中國書店以廉值得《稗海》（缺《龍城錄》一種），頃復於石麒案上，見有明刊白綿紙書一堆，題作《稗海大觀》者。平賈陰宏遠正在翻閱，云：似是《稗海》零種。余略略一閱，即驚其為罕見之祕笈。即告石麒云：余欲得之。數日後，全書送至。即與《稗海》細校，果為初印本之《稗海》；無續編，且中闕數種，然無傷也。《稗海》之初名《稗海大觀》，實無人曾論及者。首冊且多出「序」、「凡例」及編校姓氏等；此種重要之「文獻」，後印本皆已佚去。「總校」之鈕緯（字仲文，浙江會稽人），即明代有名之世學樓主人，藏書極富。《稗海大觀》中各書，殆皆出於鈕氏之藏。「分校」為商濬及陳汝元二人；故各書或題濬校，或題汝元校不等。「同校」為謝伯美及鈕承芳。承芳殆亦世學樓之裔也。「總校」中尚有陶望齡，則為當時之名流，亦會稽人。濬序云：

余嘗流攬百氏，綜核群籍，自六經語孟之外，稱繁巨者莫逾左右史。然周秦而上，其說芒芴杳昧，練飾詭誕，繆戾聖軌。周秦而下，風氣日開，人事口眾，駭於聽熒者不勝夥矣。故周志晉乘，鄭書楚杌，與尼父麟筆，並垂霄壤。離是而還，龍門世授，班氏家承，其文藝體裁，為百代稱首。歷世沿襲，類相仿效。大都才望名位，俱表表人倫。雖極之輿統崩析，方策零落，然先後嗣續，掇拾修纂，終無泯滅。第勢殊時異，敘議參商，則有或僭或散，或褊紆索米，或穢黷賄成，即正史猶未足馮據。於是有虞初、稗官之譚，下俚、齊東之語。書不出於蘭臺，籍不須於實錄，職不列於金馬。人抒胸臆，置丹鉛，亦足識時遺事，垂示後人耳目所不及。蓋禮失而求諸野也。惜即是非褒貶，不足衮鉞當世，而縹緗坐披，景色神照，則亦博古搜奇者所不可闕。惜乎書隱辭偏，宣播弗廣。昔子雲《太玄》，以祿位不逾中人，僅給覆瓿。此輩簡編雜遝，湮沒無聞者，要不止什而八九矣。吾鄉黃門鈕石溪先生，銳情稽古，廣搆窮搜，藏書世學樓者，積至數百函，將萬卷。余為先生長公館甥，故時得縱觀焉。每苦卷帙浩繁，又書皆手錄，不無魚魯之訛。因於暇日撮其記載有體、議論的確者，重加訂正。更旁收搢紳家遺書，校付剞劂，以永其傳，以終先生倦倦之夙心。凡若干卷，總而名之曰《稗海大觀》。夫珍裘以眾腋成溫，大廈以群材合搆。海之所以稱巨浸者，為不擇細流也。方其濫觴浸潤，杯勺爾，蹄涔爾，行潦爾。卒之，赴溟渤，達尾閭，汪洋浩淼，於是乎望洋者向若，蠡測者反步，觀水畢是，始無餘觀矣。今茲集也，就一書觀之，所載方言，所譚階除，所詫愕者幽異，誠不啻聖賢緒餘。然合而數之，上下千百載，涉閱百端，牢籠百態。從漢魏以下，種種名筆，罔不該載，謂之《稗海大觀》也固宜。夫天壤間殺青搦管，充棟汗牛，詎敢云稗史盡是。然較之蹄涔行潦，抑有間矣。漆園叟有言：自細視大者不盡，自大視細者不明。迺余之懼，選不盡耳，若夫明，不明則以俟諸達觀者。萬曆壬寅秋桂月望日會稽商濬書。

凡例：

一、古今小說無下數百家。是集悉獲之鈔本。其舊刻二十家，四十家，並《說海》等書所收，並不重載。即鈔本中又必拔其尤者。而碌碌無奇則罷去之。間有散見諸書，未經盛行者不妨收入，以免遺珠之嘆。

二、小說體裁雖異，總之自成一家。好事者往往摘而彙之，取便一時觀覽。而掛一漏萬，遂使海內不復睹其全書，良可惜也。是集一依原本校刻，不敢妄有增損。

三、是集幾經鈔錄，亥豕雖多，而又苦無善本可校。姑以意稍訂其易通者。而不可意通者，則闕之以存其舊。俟高明者釐正焉。

四、是集所錄諸家，各以世代為序，而一代之中，非巨卿名士，無從稽考，不無一二紊淆。其原本不著姓氏者，則分附各代之後。

五、是集俱出前代名賢之手，足與六籍並垂。我明人文丕振，非直理學經濟，超軼前修，而小說家亦極一時之盛。當博採續梓，庶稱合璧云。山陰陳汝元謹識。

濬序及汝元之「凡例」均為後印本《稗海》所無。

忠義水滸傳

施耐庵集撰　羅貫中纂修

存卷之十一一冊　嘉靖間刊本

此《忠義水滸傳》雖是殘本，余殊珍重視之。亡友馬隅卿嘗語余云：鄞縣大西山房林集虛處，有殘本《水滸傳》一冊，為友好零星索取，僅存二頁。此二頁後為隅卿所得。余嘗假得影洗數份，為研究中國小說者之參證。即此嘉靖本也。今得此一冊，誠足償素願矣。此冊為第十一卷，存第五十一回至五十五回。原書當以五回為一卷，全部當為二十卷，一百回。卷端題：「施耐庵集撰，羅貫中纂修」，雖與高儒《百川書志》所著錄者略異，然儒所見，或當即此本也。明刊本小說，傳世最為寥寥。蓋通俗讀物，閱者眾多，最易散佚；而藏家亦絕不加以保存，每聽其湮沒無聞。而所存諸本反可於海外得之。近二十年來，著意收購者漸多，而書亦漸出。嘉靖本《三國志演義》，曾於滬肆獲見一部，由涵芬樓影印行世。我輩得之，詫為稀世之珍祕。後在平，乃數遇之。萬曆刊本《金瓶梅詞話》，我輩方於日本得殘頁七張，亦大喜過度，競加影洗。

不意一月後，乃於文友堂獲得全書。獨《水滸傳》則遍訪不獲。雖獲二殘頁，仍於研究少所裨助。余今得此，足以傲視諸藏家矣。惜隅卿墓木已拱，未及見此，可痛也！曾持此與李玄伯先生重印百回本《水滸傳》校讀一過，正文歧異甚少，唯此本每回有引「詩」，李本皆刪去。如第五十一回，此本有：「詩曰：龍虎山中走煞罡，英雄豪傑起多方。魁罡飛入山東界，挺挺黃金架海梁。幼讀經書明禮義，長為吏道走軒昂。名揚四海稱時雨，巇巇朝陽集鳳凰。運蹇時乖遭迭配，如龍失水困泥岡。曾將玄女天書受，漫向梁山水滸藏。報冤率眾臨曾市，挾恨興兵破祝莊。談笑西陲屯介胄，等閒東府列刀槍。兩贏童貫排天陣，三敗高俅在水鄉。施功紫塞遼兵退，報國清溪方臘亡。行道合天呼保義，高名留得萬年揚。」李本即無之。此本無徵田虎、王慶事，故此詩亦不提田、王。正文中這詩篇，被刪去者亦多。今所知之《水滸傳》，此本殆為最古、最完整之本矣。書賈朱某以五元從地攤上得之。後輾轉數手，歸中國書店。余以一百二十金從中國得之。以一殘本，而費至百金以上，其奇昂殆前人所未嘗夢見者。

玉霄仙明珠集

明蘇臺吳子孝刊　二卷　嘉靖丁巳刊本

明刊本明人詞集最為罕見。《四庫全書》一部未收，僅於「存目」著錄瞿佑《樂府遺音》，吳子孝《玉霄仙明珠集》及施紹莘《花影集》三部。此《玉霄仙明珠集》二卷，首有「翰林院」印，並有乾隆三十八年十一月浙江巡撫三寶送呈印記，蓋即四庫館臣所見之本也。子孝字純叔，長洲人，官至湖廣佈政司參議，後罷職家居。文集未見。此詞集首有顧夢圭序。夢圭稱其「意態流動，似豔而實雅，無一語蹈襲前人」。實則語語平實流利，不甚著力，又多壽詞，大類夏桂洲詞，尤不及劉伯溫也。集中〈定風波〉四首，多感慨語，似是述懷之作。「伊呂勛名曾夢想，悵望，不如沉醉臥花茵。」蓋「橫罹讒忌」後之作也。

文山全集

宋文天祥撰　二十卷十冊　萬曆刊本

余嘗重印文山《指南錄》，所用底本，為明末所刊者。惜無他本可校。茲於中國書店得此《文山全集》，甚覺高興！嘗持此本中《指南錄》及《指南後錄》（第十三及十四卷）與余所印者對校一過，二本互有詳略，次第亦有不同處。當非出於一源。某氏處藏有宋末刊本《文山集》，惜未得借校。

✦ 袁中郎先生批評唐伯虎彙集四卷又外集一卷

明唐寅著　萬曆刊本

伯虎詩文真率自然，間有淺易語。然大體皆雋妙。余初得清刊本《伯虎集》，不知何時失去。刼中又得一部。然遍訪明刊本未遇也。後從王賈許得萬曆刊本《外集》一冊，《外集續編》二冊。取校清刊本，幾皆已收入，無甚遺漏。頃又於朱惠泉處得此袁中郎批評本；雖名《彙集》，詩文雜著，反不及清刊本之多。中郎云：「子畏小詞，直入畫境。人謂子畏畫筆之妙，余謂子畏詩詞中有幾十軸也。特少徐吳輩鑑賞之耳。」所見正與余同。余所深喜者乃子畏之題畫詩也。

✦ 牡丹亭、還魂記

明湯顯祖編　二卷　萬曆刊本

自臧晉叔改本《還魂記》出，而《還魂記》失其真面目矣；自冰絲館刊本《還魂記》出，而《還魂記》遂無全本矣。何若士之多厄也！余舊有萬曆間石林居士本《牡丹亭》、《還魂記》二冊，為獨得其真，甚珍示之。此本版片，至明清間似猶在人間。歙縣朱元鎮嘗得版，重加刷印。朱印本雖較模糊，然流傳頗廣；唯去石林居士序，並於題下多「歙縣玉亭朱元鎮校」數字為異耳。不知者皆誤為朱氏重刊本。余曾得此本數部，皆破蛀不全。葉銘三頃以此本見售。以其獨為完整不闕，復收之。

胭脂雪

清盛際時撰　二卷　存下卷二冊

清內府四色寫本

余收得昇平署鈔本劇曲不少，唯無若此本之精鈔者。此本「曲牌名」以黃色筆寫，「曲文」以黑色筆寫，「白」以綠色筆寫，「科」以紅色筆寫，眉目極為明晰。自第一齣，首尾完全，故坊賈逐頁挖去「下卷」二字，冒作全書。其「上卷」當亦是從第一齣至十六齣也。此戲昆弋二腔雜用，每出用何腔，皆於出目下註明，可見清初昆弋二腔均流行甚廣。故王正祥等既輯《十二律崑腔譜》，復輯《十二律京腔譜》也。

陶然亭

吳下習池客填詞　不分卷一冊　稿本

清人雜劇每喜用實事為題材；作者自述之作尤習見不奇。徐爔之《寫心雜劇》，即全部以自身之瑣事為題材者。此劇亦寫實事。正名云：「樂昇平車馬清明節，會文武詩射陶然亭。」作者自署「吳下習池客」，實為許名崙之別署。名崙字訪槎，許廷鑅之姪，嘗客納蘭常安履坦許，故履坦嘗為其《梅花三弄》作序。《梅花三弄》仿沈君庸《漁陽三弄》而作，寫范少伯、蔡中郎、陳季常事，惜不傳。

卷石夢

吳下習池客填譜　不分卷一冊　稿本

正名云：「古虎丘改瘗碧鬟仙，來鶴樓感現卷石夢。」所敘者為劉碧鬟事。碧鬟為乾隆時吳人盛傳之乩仙。滿紙荒唐言，實不足存。以為其稿本，姑收之。

新刻金陵原板易經開心正解

四卷四冊　萬曆間閩建書林熊成冶刊本

首有熊成冶序云：「近太史魯象賢家，親筆課兒《易經正解》，不泛不略，不艱不詭，字字啟發，句句明瑩，誠初學之芳規，為舉業發軔之門路也。」首卷為《易經各色考實》，凡十一頁，皆是插圖。每頁分三欄，亦尚存古意。余則以其圖而取之。斯類童蒙讀物，最易散佚。余收購二十載，所得亦不過二十餘種耳。諸藏家殆皆未見，即見，亦未必收。然收之，於論述近古童蒙教育者，或不為無用也。

新鍥翰府素翁雲翰精華

十二卷六冊　萬曆間熊沖宇刊本

熊沖宇名成治，即鐫《易經正解》者。熊氏在閩建書林中，刊書甚多；通俗應用書及童蒙讀物所刊尤夥，此書為供民間實際應用之尺牘，與元刊本《翰墨大全》頗相類。分上下二欄，各為六卷。自啟札、行柬、慶賀至「名公文翰」，所收頗多。上欄第五卷為「攔門詩」（有祝讚及撤帳詩句）及對聯。下欄第一卷為「文公冠禮考證」，餘皆柬牘也。

新鍥兩京官板校正錦堂春曉翰林查對天下萬民便覽

明鄧仕明修編　四卷一冊
萬曆間閩建書林陳德宗梓行

此閩建坊賈所刊通俗應用書之一。每卷之首，附插圖一幅，作風同當時閩肆所刊他書，而頗精善。明人詩聯之書頗多。經廠刊奉有《對類》，李開先有《拙對》，大都皆供詩人抉擇之用。唯此書所錄，多為宅舍、慶賀、祭弔、遊賞時景之用，則當是實際上民間之應用書也。每頁分上下二欄，尚存古風。多收時人之詩，亦一特點。第一卷之前數頁及末卷之最後若干頁已佚去。余向收此類通俗書不少，且以其有圖，故竟以五十金購之，亦豪舉也。

鼎鐫校增評注五倫日記故事大全

四卷　萬曆辛卯閩建書林鄭世豪刊本

《日記故事》為童蒙讀物之一，不知為何人所撰。今所見最古本為嘉靖時所刊者。余舊藏一嘉靖本，上圖下文，亦建安書坊所刊。此本插圖已是為全頁大幅；可窺見閩地版畫作風之變遷。首有吳宗札序。卷一題下，署「嶺南亞魁約庵吳宗札□□，武夷門人海東彭濱□□」，蓋坊賈好假藉魁元之名以傲俗，此風建賈尤甚。此書以「生知」始，以「治國」終。「生知」凡收詩三首，其一云：「問天知大志，論日豈凡材。人號張曾子，座稱謝顏回。對蠶吟磨轉，灌水取球來。正字諷朋黨，救兒擊甕開。」每句敘一故事；句下便註明此故事，並加以評釋。然亦有非「詩」者，如「君臣」類：「焚身禱雨君，伐罪弔民君」，「剖心直諫臣，強項盡忠臣」；「父子」類：「問安西伯子，嘗藥文帝子」，「殺雞以奉親，求鯉以養親」等，然不多。晚清流行之童蒙讀物《龍文鞭影》之類，殆即從此脫胎而出。

✦ 李卓吾先生批點西廂記真本

二卷　存上卷一冊　明末刊本

余舊藏此本一部，卷首圖像已被奪去。後又收清初刊金聖歎評本《西廂記》，首有「十美圖」，甚精美，即從此本摹印者。然以不得原刊之圖像為憾。孫助廉得此殘本一冊，祕不示人，且已寄平。余聞之，力促其寄回。乃得歸余所有。圖像原有二十幅，今僅存十幅有半。零縑斷簡，彌見珍異！刊工為武林項南洲，亦當時名手之一。

徐文長四聲猿

公安袁宏道評點　不分卷　明末刊本

《四聲猿》刊本最多，余舊所得者已有三種。此為明末刊本，首有鍾人傑序。插圖四幅：「漁陽意氣」，「暮雨扣門」，「秋風雁塞」，「玉樓春色」，為歙人汪修所畫，意態綿遠，鐫印精工，惜未知鐫者為何人。殆亦新安名手之作也。余舊有此本，遍覓未得，當已於南北遷徙中失去。此本初印可愛，因復收之。人傑序云：「袁中郎先生未識文長名，見四劇驚嘆，以為異人。海內始知有文長。此《太玄》之於桓譚也。予因得中郎所點評者，圖而行之。或謂點評，詞受其妍媸，不礙板乎？圖奚為？圖以發劇之意氣也。北拍在弦而不在板，予固審所從矣。」萬曆以來，無劇不圖。人傑固從俗也。

秦詞正訛

明秦時雍撰、練子鼎輯　二卷存上卷
嘉靖辛酉刊本

秦時雍散曲，最罕見。余重印《新編南九宮詞》，曾發見時雍數曲，甚以為喜。沈璟《南詞韻選》亦收秦曲數首。此本雖非全帙，卻為諸藏家所未見，最為珍祕。書賈從內地收得，序缺第一頁之前半，中縫均已加挖改，蓋欲泯上下二卷之痕跡，冒作全書也。陳良金序云：「吾姻家復庵子，慧敏穎脫，博聞強識，蚤負盛名，晚掇京科。宰畿縣，竟以不能粉飾俯仰見絀。其居常撫景懷人，觸物起興，啟口容聲，即成佳韻。凡得一曲，遠近爭膾炙之，曰：此秦詞也。但其傳誦既久，涇渭混淆，識者惑焉。此崇藩歸來，而《秦詞正訛》所由輯也。」此上卷存套數十九，小令三十六，以贈妓閨怨之作為最多。集中〈憶白蘭畹〉（《步步嬌》套），〈之汴憶蘭畹〉（《甘州歌》套），〈憶王翠筠〉（《步步嬌》套），〈憶杜弱蘭〉（《二犯傍妝臺》套），〈張雪仙晝眠〉（《啄木兒》

套），〈雪夜憶雪仙〉（《步步嬌》套），〈寓京師寄雪仙〉（《黃鶯兒》套），〈為高幽閨〉（《山花子曲》）等，皆贈妓作也。綺膩深情，尚有元人遺風。

國朝詞綜補

清無錫丁紹儀輯　五十八卷　光緒九年刊本

余喜收詞曲書。清詞選本及別集，二十年來，所得不少。唯丁紹儀《國朝詞綜補》一書，久訪未得。後聞無錫丁氏藏有一本，亦無暇向之借鈔。午後，春雨連綿，百無聊賴。友人某先生電告予云：有書賈送丁氏《國朝詞綜補》一書來，索一百十八金，意不欲留。知子索此書久未得，可送來否？余聞之狂喜，即告以欲得意。不數刻，書果至。蓋即無錫丁氏所藏之本也。置之案頭，摩挲未已。森玉先生恰在此，見之，亦甚慰悅，云：亦未見此書。價雖昂，仍勉力收之。亦詞曲藏中不可闕之物也。丁氏此書，所收清詞凡一千三百餘家；有補王氏原書所未備者，有續王氏未及見收者，亦有僅補「詞」者。弘富過於王黃二家。閩侯林氏別藏有丁氏續補八卷；無錫圖書館亦藏有丁氏手稿本三卷，皆溢出此本外。當借鈔配全之。惜丁氏於原詞每改易字句，又往往不註明各詞所從出處；仍不免蹈明人編書之陋習。

上劫中所得，多為明刊小品。經史巨著，宋元善本，以至明鈔名校之書，雖多經眼，卻無力收之矣。書生本色，舌耕筆耘，其不能網羅散佚，彙為巨觀者，勢所必然。「巧取」固所不忍，「豪奪」更無可能。入春以來，書值暴漲，若山洪之奔湃，一發不可復收。我輩更無「問津」之力矣。《得書記》之著筆殆與收書之興同歸闌珊矣！雖尚有若干去歲所收之書，頗值一記者，亦竟無意於續作，不禁擱筆三嘆！中華民國三十年五月十八日西諦跋。

電子書購買　　爽讀 APP

國家圖書館出版品預行編目資料

劫中得書記：亂世烽煙漫天，所念一紙書頁 / 鄭振鐸 著 . -- 第一版 . -- 臺北市：崧燁文化事業有限公司 , 2023.10
面；　公分
POD 版
ISBN 978-626-357-693-3(平裝)
855　　　112015247

劫中得書記：亂世烽煙漫天，所念一紙書頁

臉書

作　　者：鄭振鐸
發 行 人：黃振庭
出 版 者：崧燁文化事業有限公司
發 行 者：崧燁文化事業有限公司
E-mail：sonbookservice@gmail.com
粉 絲 頁：https://www.facebook.com/sonbookss/
網　　址：https://sonbook.net/
地　　址：台北市中正區重慶南路一段六十一號八樓 815 室
Rm. 815, 8F., No.61, Sec. 1, Chongqing S. Rd., Zhongzheng Dist., Taipei City 100, Taiwan
電　　話：(02) 2370-3310　　**傳　　真**：(02) 2388-1990
印　　刷：京峯數位服務有限公司
律師顧問：廣華律師事務所 張珮琦律師

定　　價：299 元
發行日期：2023 年 10 月第一版
◎本書以 POD 印製